U0534098

王安忆
长篇小说

# 米 尼

人民文学出版社

**图书在版编目(CIP)数据**

米尼/王安忆著.—北京:人民文学出版社,2018(2020.4重印)
(王安忆长篇小说)
ISBN 978-7-02-014427-3

Ⅰ.①米… Ⅱ.①王… Ⅲ.①长篇小说—中国—当代 Ⅳ.①I247.5

中国版本图书馆 CIP 数据核字(2018)第 164271 号

| | |
|---|---|
| 策划编辑 | 杨　柳 |
| 责任编辑 | 刘　稚 |
| 装帧设计 | 刘　远 |
| 责任印制 | 王重艺 |

| | |
|---|---|
| 出版发行 | 人民文学出版社 |
| 社　　址 | 北京市朝内大街 166 号 |
| 邮政编码 | 100705 |
| 网　　址 | http://www.rw-cn.com |
| 印　　刷 | 三河市宏盛印务有限公司 |
| 经　　销 | 全国新华书店等 |
| 字　　数 | 130 千字 |
| 开　　本 | 850 毫米×1168 毫米　1/32 |
| 印　　张 | 5.5　插页 2 |
| 印　　数 | 5001—8000 |
| 版　　次 | 2019 年 8 月北京第 1 版 |
| 印　　次 | 2020 年 4 月第 2 次印刷 |
| 书　　号 | 978-7-02-014427-3 |
| 定　　价 | 30.00 元 |

如有印装质量问题,请与本社图书销售中心调换。电话:010-65233595

# 目　　录

第一部　　　　　　　　　　　　1

第二部　　　　　　　　　　　　57

第三部　　　　　　　　　　　　115

第一部

# 第 一 章

公历一九七二年十二月的凌晨,米尼将生产队分配的黄豆、花生和芝麻装了两个特大号旅行袋,一前一后搭在肩上,和她的同学们回上海了。她们要步行十二里路去五河县码头乘船,到了蚌埠再搭火车,一夜之后就到家了。她们动身的时候,还是半夜,没有月亮,也没有风,可是一出门,脸和手脚就都麻木了。她们几乎一夜没有合眼,回家的兴奋使她们忘了睡觉,在被窝里唧唧哝哝地说话,当困倦袭来的时候,她们不由得紧张起来了,以为天要亮了。于是她们手忙脚乱地起床穿衣,寒冷使得她们打战,牙齿咯咯地响着。然后,她们就出门了。

她们走下台子,上了村道,这时,有一条狗吠了。听到狗吠,她们都笑了,有一个同学弯腰拾了一块石子,朝狗吠的方向扔去,嘴里说:请吃一粒花生米。"花生米"在上海话里有双关的意思,枪毙罪犯的子弹,被叫作"花生米"。因此,大家又都笑了。她们的脚步踩在冻硬的土路上,发出清脆的响声,狗不吠了。

"什么时候,我们再不要走这条倒霉的路了!"有一个同学说。没有人回答她的问题,只有米尼回过身去,望了望身后她们走过的村道。后来,她时常回想这个情景。她记得她回过头去的时候,明亮的三星忽然向西行走了数十米。由于她们是在向东行走,那三星就好像是划过米尼的头顶,在天空走了一个弧度,向后去了。这一瞬间,米尼无比清晰地感觉到地球是由一个巨大的弧形苍穹笼罩着。她觉得,以后发生的一切,在这时是有预兆的。

现在,米尼和她的同学们走过村东头最后一口井,出了村庄,来到大路上。沉重的行李压着她们有过锻炼的肩膀,使身上暖和起来,她们开始说笑话了。说笑话是米尼的本领,第一,她肚子里有无穷尽的笑话;第二,她可无穷尽地重复某一个笑话而新意迭出。甚至当她不说笑话而只是说一些平常的话时,依然有一种引人发笑的意味。由于插队的日子本没有什么快乐可言,大家也无形中夸大了这种快乐的效果。于是,米尼便给这黯淡的生活带来了乐天的精神。这时候,同学们说着蹩脚的笑话,等待米尼出场。可是她们很快失去了耐心,就开始去向米尼挑战。她们讥讽米尼背旅行袋的方式像一个真正的"阿乡",又攻击米尼仅一米五八的身高竟还挺胸吸肚,好像要上台表演。米尼半闭眼睛半露微笑,好像什么也没听见,于是她们诧异地想:米尼今天是怎么回事啊!有人就去推米尼,米尼一惊,大梦初醒的样子使得她们大笑起来,才觉得有了收获。米尼说:我在睡觉呢!说罢又半合上眼睛,由她们笑去,心里慢慢地想:这些人怎么这样喜欢笑呢?

她们脚下的大路的尽头,有一些蒙蒙的曙色雾气一般升腾起来。两旁的白杨树,在混沌的天色中渐渐显现出来,先是粗大笔直的树身,渐渐地,细致的树梢也清晰了。她们觉得自己变得很渺小,从白杨夹道之下走了过去。

很多日子以后,米尼有时会想:如果不是这一天回家,而是早一天或者晚一天,那将会怎么样呢?这一天就好像是一道分水岭,将米尼的生活分成了两半。当她走在正午的太阳底下,从熙熙攘攘的人群中穿行而过,她心里有一种奇异的感觉。她好像看到有两条生活的河流在并行,有时候甚至还交叉相流,但绝不混合,泾渭分明。她在她的那条河流里,另一条河流就在她的身边,而她过不去。她想起她的过去,那就像很久以前的往事了。那时候,她是属于那另一条河流的,在某一天里,她却来到了这一条。她想,这一天里,其实布满了征兆。

她们是差一点没赶上船的。这一天,船从大柳巷开来,到五河的时间特别早,因为没有风。那是一个无风的冬日,船到码头时,甚至售票处还没开始卖票,人们挤在窗口,争先恐后,她们落在了最后。当她们终于买到了船票,向码头跑去的时候,船已经鸣响了汽笛。有一个同学哭了,另一个同学的鞋被踩掉了,米尼第一个冲上了跳板,喊着:等一等!汽笛连连地鸣叫,她们上了船后,船起锚了。沉重的铁锚在河下当当地响着。她们在底舱找到座位,放下东西,想起方才的狼狈样子,就都笑了。她们模仿米尼大叫"等一等",好比一个冲锋的女兵。米尼则要她们不要笑得太早,这才是万里长征第一步,道路还很漫长,须将革命进行到底。船掉转了身,向前驶去,太阳升起了,在河岸的树林里穿行。她们来到甲板上,吃着船上买来的旅行饼干,水鸟在船尾飞舞。

直到现在,一切都还照旧。米尼和她的同学们吃完了旅行饼干,又喝了水壶里的冷开水,太阳渐渐高了,越过河岸的树林,照射着她们的眼睛。她们眯起眼睛躲着太阳,开始讨论回家后第一件事要做什么。一个同学说:洗澡。另一个同学便说:洗澡这样的事还需要说吗?自然是指洗澡后的第一件事。于是,有人说吃冰砖,有人说吃大排骨。问到米尼,米尼就说:睡觉。大家便笑,又忍着笑问道:睡醒了做什么?大家都看着米尼的嘴,期待那里出现一个奇迹。米尼略一思索,答道:睡觉。这一回大家就笑得没法收场了,一边笑一边想:米尼可太会讲笑话了。米尼的笑话,是不能脱离具体的时间地点的,并且还具有一种连贯性和整体性。仅仅抽取一段,是无法表达的。所以,假如不是亲临其境,便很难领会米尼的有趣。米尼作为一个朋友,尤其是在插队这样的日子里,是再理想不过的了。

将近中午的时候,船到了临淮关。临淮关也通火车,假如不是在春节期间,而是在别的时候,她们也许会在临淮关下船去搭车,临淮关每日有一次快车,还有几次慢车。可是,在节日的高峰时间里,甚至有一些在这附近的人,也到蚌埠去乘车。船在临淮关慢慢靠岸了,岸边有一些女人在洗衣服,冻得通红的手握着棒槌,嘭嘭嘭地捶着衣服。船下了锚,缆绳远远地抛了过去,被一个男人接住,绕在铁桩上。船一点一点接近了码头,铁链一开,人沓沓地上了跳板,从等候上船的队伍前过去了。米尼和她的同学们趴在船舷,看着人们下船,然后上船。太阳晒得她们暖烘烘的,生了冻疮的手背发出刺痒。她们互相用发夹掏着耳朵,阳光照进耳朵,将茸毛照得金黄黄的。这时候,无论是米尼,还是她的同学们,都没有注意到上船的是一些什么人,船就离了码头。在船离开码头的那一刻里,水鸟又拥上了船尾,浩荡地追逐着船在河里航行。后来,在米尼的回顾中,这一个场面变得非常壮观,而且带了一点险恶的意味。她记得,如同鹞鹰那样的江鸥张开翅膀,遮暗了天日。

太阳晒得她们昏昏欲睡,有人提议到舱底去睡觉。她们就一起离开了船舷,从耀眼的太阳里走下昏暗的底舱。她们眼前一片漆黑,窜着金星,她们手拉手找到了自己的座位,跌倒似的坐下,打起了瞌睡。米尼隐约听见不远处有人用上海话谈天,还谈得很热闹,她想:是哪个公社的知青啊?便堕入了梦乡。梦里有人轻轻地踢她的脚,请她把脚挪一挪,好让他拿一样东西。她挪开了脚,感觉到那人在她脚下摸索了很久,最后摸索出了一张梅花七。那人朝她举着梅花七笑了一笑,露出两排整齐结实的牙齿。她在梦中想道:原来他们在打牌。然后就醒了。

米尼睁开眼睛,看见她的同学们都醒着,坐在那里,眼睛望着前面。越过两排长椅,对面的舷窗下,有一伙男生在打扑克。她定睛看了一会儿,发现那供人们打牌的桌子其实是一个人的背,每当一盘牌局结束,推出了新的输家,那"桌子"就一跃而起,输家则乖乖地蹲下,弓起了背。这时的输家有一张白皙消瘦的脸,他在弯腰之前用手理了理头发,很斯文的样子。这时米尼听见耳边有咪咪的笑声,转脸一看,才见她的同学们都强忍着笑,交头接耳道:这个白面孔最有劲了。她赶紧问,这个白面孔怎么了?她们匆匆说一句:你自己看嘛!就又接着看下去,好像怕错过了什么好戏。

男生们早已注意到了女生,不免虚张声势,个个都想出语惊人,反倒弄巧成拙,显得粗鲁而油滑。女生们却还一个劲儿地偷笑,笑时就把脸扭在一边,表示毫不注意的样子。男生们看在眼里,喜在心间,忽然,平地而起一片浑厚的歌声,是一首颂歌,他们庄严地重复着其中的一句:"你在我们的心坎里,我们的心坎里。"女生们低头骂着"流氓流氓"。有几声传进了他们耳里,他们就说:我们不是流氓,是牛虻。《牛虻》是这个年代里流传很广的一本书。女生们用胳膊互相捅着,小声告诫道:不要睬他们。然后又说:那个白面孔最坏了。

闹了一阵,男生们偃旗息鼓,女生们便也笑得好些了,双方都静了静,那白面孔就开始讲故事。他讲的是一个恐怖的复仇的故事,风雨交加的夜晚里,一双干枯的手在琴键上奏出激越的旋律,说到此处,一个女生尖叫一声扑进另一个女生怀里,将彼此都吓了一跳。这一回,连米尼都笑了。男女双方造作的僵局就此打破,他们两伙合一伙,开始了种种游戏:打扑克、讲故事、说笑话。在那时,说笑话是男生和女生都特别热衷的一项娱乐,会说笑话,则是一种令人羡慕的才能。当男生们推出白面孔来说笑话的时候,女生们便推出了米尼。

他们两人打趣的本领是那样高强,你一句,我一句,互不相让,暗中却又互相配合,使得欢乐的气氛一浪高过一浪。他们两人有一个共同的特点,就是上海人所说的那种"冷面滑稽"。表面不动声色,甚至十分的严肃认真和恳切,骨子里却调侃了一切。这其实包含了对世事冷静的体察,需要相当深刻的世故,仅靠聪明还不够,甚至于需要一点儿智慧。这些他俩都具备了,他们联合起来,将目下的世事和他们自己的人生,抨击得体无完肤,而他们使用的又是那样简洁而轻松的态度和措辞。他们的同学们只知道笑,其间的深意只有他们两人明白。无形中,他俩结成了一个同盟,有时候,还会意地互相使着眼色。

他们有些惊异地想道:仅仅是一小时之前,他们还不认识,彼此都是陌生人呢!而现在,他们又是多么了解啊!他们渐渐有些将观众忘了,只顾着自己说话。而其他的男生和女生,也已在那欢乐的气氛里各自熟稔起来,谈话开始分解成"一小撮""一小撮"的,这是白面孔的话。米尼现在知道了,白面孔叫阿康。

阿康和他的同学们全是上海一所中等机械专科学校的毕业生,这一届学生全分在了外地,阿康他们是在临淮关的农机厂里工作。米尼问他:阿康,你们为什么不从临淮关上车呢?阿康说:我们要在蚌埠玩一天。蚌埠有什么好玩的!米尼笑道。阿康说:蚌埠是很好玩的。后来的十几年里,前后加起来足有几十次,米尼这样问阿康:阿康,你们为什么不从临淮关上车呢?阿康也同样地回答了有前后几十次。每一次问答都是同样的句子,一字不多,一字不少,虽然场景不尽相同,心情也不尽相同。有时候,米尼觉得阿康不从临淮关上车是一桩幸事;有时候,米尼觉得阿康不从临淮关上车是一桩不幸的事。觉得幸和觉得不幸的时候是一样多的。

米尼又问:阿康,你们到蚌埠打算做什么呢?阿康说:当然我们先是要吃一顿,吃过以后看电影,明天上午去公园划划船。那么晚上睡在什么地方呢?阿康从米尼的话里,听出她想与他们合伙的意思,他先说:我们在火车站睡一夜。然后又加了一句:住旅馆也可以,不过是五毛钱的事情。米尼也从阿康的话里,听出他鼓励她参加的意思,就不再说什么。这样说着话,船就到了蚌埠。

到蚌埠的时候,是下午三点半,太阳照耀在西方的天空,工厂的烟囱慢慢地吐出黑色的烟雾。男生们帮助女生们提着东西,只有米尼,依然一前一后地背着她的旅行袋,甚至手里还提着一个阿康的网线袋,就这样走过跳板,上了岸。他们中间,没有谁提出什么建议,自然就走在了一起,向火车站走去。后来,阿康提议叫一辆三轮车,拉着他们的行李,大家就可以省力了。这只需要有一个人押车。大家就说:"当然是阿康你押车了,这不就是你真正的目的吗?"然后,就叫来了三轮车,堆上行李,阿康坐了上去,像检阅似的微笑着挥手致意,走到大家前头去了。女生们说:这个白面阿康实在有劲。男生们忽然沉默了一下。这沉默的片刻是米尼过后很久才注意到的。

阿康坐在三轮车上,走远了,有时在路口遇到红灯,就停着,待他们刚走近,绿灯却亮了。这时,阿康就回过头,微笑着向大家点头。当他又一次远去的时候,米尼忽然有些怨恨似的想:他应当下来同大家一起走的,她觉得他这样做是扫兴的。后来,他们在火车站汇合了。正当阿康下了车,付了钱,去往车上搬第一件行李的时候,他们也赶到了,便七手八脚地去搬行李,阿康顿时被挤了出来,脸上流露出遗憾的表情。最终,连他自己的行李也是被别人搬下来的。这时候,米尼忽然对她的同学们说:我们明天走吧,同他们在蚌埠玩一天。开始,大家不说话,都有些愕然。米尼又说:早一天,晚一天,总归要回上海,不如在蚌埠玩一天。

同学们不由得想到,虽然在蚌埠换车换船地来回了多次,可是却从来没有想到在这里玩一玩。蚌埠究竟有什么玩头?既不是杭州,也不是苏州,它会有玩头吗?先有一个同学很冲动地说:好啊!接着却又有一个同学说:不好。先说"好啊"的那一个便缩了回去。同学们说:还是回上海吧,早就盼望着回上海的这一天,为什么又要推迟一天呢?米尼却说:那我一个人留下来。大家便说:米尼,你是吃错药了吗?他们男生晚上可以睡火车站,你怎么办呢?米尼说:跟了这么多男生,我才不怕呢!她忽然兴奋起来,她想,她和这些女生在一起过日子,早已过腻了。女生们在一起,早早晚晚都是什么毛线啊、衣服啊的琐碎事情,哪有和男生们在一起有意思啊!女生们很怀疑地看着她,再一次地劝说:米尼,我们和他们才刚刚认识,互相都很不了解的呀。米尼已经下定决心,谁也动摇不了。同学们心想:米尼今天真的吃错药了,变得多么两样,她向来是最冷静和最谨慎的啊!

米尼和她的同学们在车站售票处分了手,因为她们再不愿意和男生们一起活动了。米尼的决定激起了她们的反感,这反感一直蔓延到男生们的身上,她们忽然以一种严厉审慎的态度看待他们,使他们很茫然。而米尼却浑然不觉,这更使她们生气了。直到分手的那一刻,她们才稍稍缓和了态度,对米尼说:要不要给你家打一个传呼电话,说你过一天回家。米尼说:不要了,他们本来也不晓得我哪一天到家。趁着时机,她又向一位同学借了五块钱,说好到了上海就还。然后,她们互相道了再见。

同学们看见米尼背了两个旅行袋,站在一群陌生的男生里面,那样矮小和邋遢的样子,忽然就有些可怜她,并且为她感到忧心忡忡,不由得共同地说道:米尼,你要当心。此时此刻,米尼才觉得事情有些不寻常。她们在这个陌生的城市里突然地分手,使她心里生起一种不安。她笑着说:不要紧的,一到上海我就找你们玩。她们说着"再见,再见"地慢慢分开,朝不同的方向走去。终于,彼此走得看不见了。

暮色降临了,黄昏的天光照耀着石块嵌拼的街道,又逐渐黯淡下去。男生们说着他们自己的事情,使米尼意识到自己是局外人。她有些孤单地走在他们旁边,有一刹那,她甚至问自己,是不是应该留下来?可是她紧接着鼓励自己,她应当积极起来,掌握主动。她渐渐镇定下来,跟随他们走进一个饭馆,在角落里占了一张方桌。为了表示自己不是那种吃男生白食的女生,她率先建议道:我们每人出一块钱合起来付账,多退少补吧。男生们则说:不要你插队的妹妹出钱,阿哥我们请你。听了这话,她知道他们还是欢迎她的,心中不由得十分欣喜,思路也开阔起来,渐渐参加了他们的谈话。她耐心地听着他们说他们的事,又将她知道的事告诉他们。她描述某件事情生动与诙谐的口吻,叫他们很喜欢。他们觉得这个女生,虽然不漂亮,可却很有劲。她有一种制造气氛的本能,使得人人都很高兴。阿康由于和他们太过熟稔,不那么新奇,削弱了魅力,便被冷落了。而米尼见自己吸引了大家的注意,又因没有别的熟稔的女生在场起到监督的作用,便更加自由开放,无拘无束,发挥得越来越好。

他们吃过了饭,又去看一场《列宁在1918》。男生们抽烟,米尼吃瓜子,哗哗剥剥的,心里觉得异常快乐,却又隐隐地有一点不足,有什么不足的呢?电影院里洋溢了一股挟带着葱蒜味的烟味,水泥地湿漉漉的,沾着瓜子皮。阿康坐在另一边,与她隔了一条走廊。由于喝了酒,白皙的脸庞变红了,龙虾似的。他默默地抽着一支香烟,后来,电影开场了。

晚上,他们在车站附近一家"人民浴室"过宿,男生们住男浴室,米尼住女浴室。她睡在躺椅上,听里面淋浴的龙头,滴滴答答漏了一夜的水。浴室里通夜开着灯,夜半还有人住进来,又有人起来出去。米尼迷迷糊糊的,梦境和现实交织在一起。她一会儿以为是到了家,一会儿又到了火车站,天黑漆漆的,车灯雪亮地驶进了站,汽笛长鸣。一列火车过去,房子微微震颤起来,铁轨当当地响。有一会儿,她以为自己发了寒热,昏沉沉的,嗓子里干得冒火。她头顶嗒嗒的滴水声,使她急得没办法。

多年以后,她还会来到这家"人民浴室",那时候,她简直认不出这个破烂不堪的浴室了。那是一个冬天,她穿着一件一九八七年的上海很流行的裘皮大衣,长过膝的。她站在一片泥泞肮脏的湿地上,因为是一个化雪的午后。人们洗完了澡,红着脸膛蹑着手脚,踩着水洼里几块砖头走出门来。朽烂的墙脚下,堆了煤炭,风一吹过,就扬起黑色的尘屑。只有当一列火车经过,路面被微微震颤的时候,她才依稀辨认出了一点这一个夜晚的遗迹。

这一个夜晚很漫长,灯光彻夜照耀,屋顶下飘浮着永不消散的水汽。忽然一阵铃声,有粗壮的女人裸着小腿进来,叫着:起来了,起来了!米尼揉揉眼睛,坐起来,女人冲着她说:起来,起来,澡堂要营业了。她赶紧穿衣下床,匆匆梳洗完毕,拿了自己的东西走出了澡堂。阳光刺痛了她的眼睛,男生们早已聚集在门口,问她怎么睡得这样晚,澡堂里的觉有什么好睡的,不如回上海去睡了。她揉着酸涩的眼睛,有些笨嘴笨舌的,她想:这是几点钟了?懵懵懂懂地跟随了他们去吃早饭。他们走在蚌埠的大街上,两边的商店还没开门,他们辛酸地笑道:我们现在变成乡下人啦!阿康便鼓舞道:这叫作英雄落难啊!大约昨天睡好了,阿康精神很饱满,脸色更白皙了。

米尼也渐渐地清醒过来,只是哈欠不断。大家越笑,她的哈欠越厉害,阿康就说:她是装的,她装得多么像啊!她扼制不住哈欠,又要笑,结果弄得满眼是泪,干脆趁势就哭了起来。阿康小声说:她哭得多么像啊！大家越发笑得高兴。她一边哭,一边快活地想:我这是怎么了,多么异样啊！她哭着,一边用脚去踢阿康,正好踢在他小腿骨上,阿康不由得叫唤起来:不痛！不痛！米尼便抹去了眼泪,笑道:他装痛装得多么像啊！大家笑着嚷道:输给她,输给她！他们想:这个女生是多么有趣啊！哭过之后竟没有哈欠了,米尼的眼睛变得十分清澈,她抬头看看天,碧蓝碧蓝的,心想这一天多么好啊！

这一天,他们去了公园,又去了淮河大堤,逛大街,下馆子。吃饭的时候,大家不要米尼付钱,米尼也不硬争,饭后却买来苹果分给大家吃。一天一夜之间,她已和他们相处得十分融洽了。这一天里,她和阿康经常斗嘴,当他们斗嘴的时候,人们就很起劲地观战。他们言辞的机敏和幽默,使得他们又感慨又羡慕,不由得说:阿康这回是棋逢对手了。阿康听了没什么,米尼却一怔,失去了一个战机,终于败给了阿康。

以后的时间里,她就变得有些沉寂,还有些走神。她有些躲避他似的,总是走在离他远远的地方。阿康其实早已看出一些儿端倪,心里一明如水。而他并不起劲,因他觉得这个女生很平常,趋于中下,可是她是多么的聪敏。他承认与她说话很有劲,她甚至有激发想象力的作用。所以他也并不十分反对与她配合,扮演一个那样的角色。他便也沉寂下来。他们两人的沉寂,使大家有些扫兴,慢慢地就转移了注意,去说一些别的事情,这就到了上车的时间。

他们中间有一个人,认识一个铁路员工,带他们提前进了站台。月亮升起了,站台上有不多的几个人,跺着脚取暖,等候火车,脚跺在坚硬的地上,发出清脆的回声。候车室里传来广播,报告他们这一次列车进站了。他们紧张起来,将行李背在肩上,往前走了一段,然后又转身朝后走了一段。只听天桥上铁门哐啷一开,上车的人们如千军万马,轰然而下,沓沓的脚步声顿时充满在空阔的站台。站台变得十分拥挤。他们被人推推搡搡的,转眼间便挤散了,互相高声招呼着。这时候,一道雪亮的灯光划开了天幕,人们震惊地回过头去,安静了片刻,然后加倍地骚乱起来。火车一声长啸,裂帛一般,风驰电掣而来。人群好像骚乱的虫蚁,徒劳无益地在巨大的车身旁边奔忙。

矮小的米尼几乎被人撞倒,肩上的旅行袋压得她直不起腰。她几次接近了车门,又被汹涌的人群推后。我上不了车了!她绝望地想到,她看见他们中间已经有几个人上了车。列车员攀在车门上,将吊在车门的人推下去,要关车门了。有个女孩大声地哭了起来,在这狂野的人群中,听起来就好像婴儿的哭声。

就在这时候,米尼无比欣喜地看见,与她相隔了两重人墙的前边,阿康就像一个落水的人在挣扎。他的两只手在空中划动着,像要抓住什么可攀依的东西。米尼忽然不想上车了,她想:等下一次吧,蚌埠的车次是很多的。阿康又越过了一道人墙,接近车门了,他几乎就要够到车门的把手,米尼不由得大叫了一声:阿康!阿康一怔。就这一怔,便被人从车门前挤开了,那人推开列车员阻碍的手臂,最后一个上了车,车门关了,铃声响了。

男生们终于在两节车厢之间的过道里聚集了起来,他们发现米尼和阿康没有上车。他们面面相觑,停了一会儿,有人说:两个最聪敏的人怎么没有上车?这句无心的话好像提醒了什么,他们发现事情有些奥妙,不由得回想起这一天一夜之间,那两人的言行举止,渐渐就有些恍悟。他们开始为这女生担心,他们想,她才十七岁的年纪吧,要比他们小得多。怪我们,有人说道,别人都没有作声。他们想:我们这么多男生,却没有保护好一个女生。火车轰隆隆地朝前开着,在黑夜里行驶。很多年过去了,他们中间的两个,有一次聚在一起,谈论着以前的事情,不约而同地想起了这一个黑夜,他们说:也不知这女生后来怎么了。

阿康几乎是从人群中跌落下来,他恼怒地站稳身子,看见米尼站在他面前,很平静地微笑着。他想就是她的一声喊,使他走了神;再一想,火车都开了,还有什么可说的,便也笑了笑,说道:我们是半斤八两啊!这话叫米尼觉得很中听,就说:还是你有水平,你已经到达了车门口,我却还没进入阵地呢!他说:五十步和一百步罢了。两人就走到天桥下边,将旅行包当板凳坐着,等待下一次从乌鲁木齐开来的快车。有一个也没挤上车的人过来向他借火,两个男人在寒冷的夜里对火的情景令她有些感动。她双手抱着膝盖,望了望天上的月亮,想道:好了,现在,只有我和阿康了。

# 第 二 章

米尼的爸爸妈妈在一九六〇年困难时期去了香港,那时米尼才八岁,在小学读两年级。有一天下午,放了学后,米尼和小朋友一起下楼,见楼梯口站着阿婆。她很奇怪,说:阿婆,你怎么来了?阿婆说:我等你一道去看电影。她便又惊又喜地拉了阿婆的手走了。电影是越剧《情探》,剧中鬼怪的出场使她很兴奋,而那鬼怪却又咿咿呀呀唱了起来就有些扫兴。走出电影院时,天已经傍晚。如同所有孩子在兴奋之后,都会出现情绪消沉,米尼忽然提不起劲了。她被阿婆牵着手,低头走在黄昏时分陡然拥挤起来的街道上。她穿了一条背带裤和一件粉红格子的衬衫,短发上斜挑了头路,用红毛线扎了一个小辫。她拖拖拉拉的,不肯迈开脚步似的。阿婆回头说:走快点啊,你这个小孩!她觉得阿婆的态度不够好,就更拖拉了脚步。阿婆将她的手往前一拽,她则把手往后一拽,阿婆就把她的手一甩,自己在前边走了,脚步急急的。她气坏了,可见阿婆动了怒,就不敢发作,也不敢被阿婆落下得太远。

这时,路灯已经亮了,她的情绪落到了最低点。她垂着头,翻起眼睛瞪着几步前面的阿婆,心里骂道:死阿婆,臭阿婆。将进弄堂的时候,她忽然一昂头,气鼓鼓地走到阿婆前面去了,率先进了弄堂,把阿婆甩在后边。她走进后门,穿过厨房。正是烧晚饭的时候,她感觉到邻居们停下了手里的事情在看她。看什么看!她在心里说,然后,走上了楼梯。她放重脚步,把楼梯踩得咯吱咯吱响,她想:妈妈就要出来骂她了,这才好呢!她心里有一股很痛苦的快感,使她振作了一点。可是并没有人出来骂她。她扫兴地进了二楼前客堂,见房间里没开灯,黑洞洞的,坐了两个人影:哥哥和姐姐。这时候她才觉得,今天一整天的事情都有些异常。哥哥坐在靠窗的方桌前看书,鼻子快碰到书页了,姐姐坐在沙发上嘤嘤叽叽地哭。

这一年,哥哥十五岁,刚刚入团。爸爸妈妈是最早把去香港的决定告诉他的,这使他感到奇耻大辱。在他的思想里,在那样的资本主义的地方,父母一旦进去就变成了资产阶级,成了人民的敌人。他的共产主义理想就在这一夜之间遭到了灭顶之灾。开始他哭,以他那套幼稚而教条的社会主义过渡时期理论去说服父母,甚至还向学校团支部汇报并取得支持,以加强自己的信心。当这一切都不能收到预期的效果时,他开始了绝食。母亲不得不将饭送到校长跟前。校长将学生找到办公室,令他吃饭,他只得吃了。他吃饭的时候,母亲就坐在他对面哭,他不由得也落下了泪来。窗台上趴满了下课的孩子,默默地看着他们母子。他又羞又恼又绝望又伤心,心里恨死了母亲,眼泪却像断线的珠子往下流,和了饭菜,一起咽下肚子。他在心里和父母划清了界限,他说:我再不做你们的孩子了,我横竖都是党的孩子了。可是,他也知道,他们是靠父母从香港寄来的钱生活,虽然阿婆不告诉他,汇款来的时候,就悄悄地拿了图章收下,再一个人跑到邮局兑钱。她想:你不肯吃父母的,就算吃我的,这总可以了吧!

有一回，汇款来的时候，只他一人在家，邮递员在楼下一迭声地叫，把左邻右舍都叫了出来，告诉邮递员说，他们家似乎是有人的，大概睡着了。邮递员请邻居们代替签收，可他们说钱的东西是不太好代收的，假如是一封信的话，倒是可以的。邮递员只得又叫了一气，最终走了。他一个人躲在客堂里，紧张得牙齿打战。他从此变得非常自卑，觉得自己满身都是污点。是团组织挽救了他，一如既往地信任他，把重要的工作交给他做，学期终时，还被选为班上的团小组长。他以赎罪的心情努力学习和努力工作，十九岁那年，以优异的成绩考上了本市一所重点大学。他不晓得他的父母从阿婆信中知道这一消息时，高兴得涕泪交流，深觉得这一世为牛做马的受苦都有了报偿。他们初来香港时，是投靠母亲的弟弟，弟弟在北角开了一个杂货店。到这时，他们自己才有了一点生意，搬到了九龙。

哥哥上大学的那一年，米尼十二岁，姐姐十六岁。姐姐是一个性情极其平淡的人，平淡到了几乎使人怀疑其中必有什么深奥之处，其实什么也没有。在学校里，她的成绩没什么特别好的，也没什么特别糟的。同学之间，既没有要好的，也没有反目的。从没有一个专门的同学上门找她来玩，但在四个或五个人的游戏之中，总有她参加在其间。在家里，她并不讨大人喜欢，也不讨大人嫌。不像有的孩子，能使大人爱得要命，又能使大人恨得要命。三个孩子中间，哥哥是最被父母器重和喜爱的，米尼是受父母呵斥最多最烈的，她恰恰是处在中间。她长得也很平淡，叫人记不住，又常常会和别人混淆。可是，在"文化大革命"开始，也就是她十七岁的时候，却突然地焕发起来。谁也没有料到，二楼客堂间里会成长出这样一个美人。她的单眼皮原来是丹凤眼,她的长脸形原来是鹅蛋脸,她不高不矮,不胖不瘦,样样都恰到好处。学校停课了,她就在家里,替代阿婆烧饭。阿婆老了,患有高血压和关节炎,记性越来越差,有时候,会将一个空的水壶坐上煤气炉,开了大火烧水。那些日子里,每天上午九点时分,人们总会看见一个秀美的少女,坐在后门口择菜。她漠然的表情使人感受到一股温馨的气氛,这是和弄堂外面轰轰烈烈的革命气象很不相符的。

性情活泼的米尼,在这个家里,是得不到什么快乐的。她敬畏哥哥,不敢与他有什么争执;若和姐姐有争执,姐姐总是会让她。唯一能与她纠缠的,只有阿婆。阿婆自从爸爸妈妈走后,脾气越来越坏,没有耐心,喜怒无常。有时候,明明是她自己找米尼玩笑,说:米尼,阿婆带你去城隍庙吧!米尼当然很兴奋,她却又说:算了,不去了。米尼就说:阿婆赖皮,阿婆赖皮!不曾想阿婆陡地一沉脸,厉声道:谁赖皮?什么赖皮不赖皮?哪里学来的下作话?然后就有很长时间不给米尼好脸看。而假如米尼吸取了前一次的教训,当阿婆又一次来邀她看戏的时候,回答说:不去不去。阿婆先是好言好语地诱惑她,她略坚持一会儿,阿婆就火了,说道:不识抬举,倒反过来我要求你了?原来我是这样下贱呀!说着就哭了起来。弄得米尼无所适从,最终她得出的结论是:阿婆是个精神病。她当然无法了解到阿婆的孤独苦闷,想找个人发泄发泄,甚至于撒撒娇,可是找不到人,就找到了米尼。

从此,米尼不再与阿婆啰嗦。她的天性是那么快乐,又很自私,本能地抗拒别人干扰她的心情。因此,一天当中,她最讨厌的就是晚上。这时候,一家人不得不坐在一起,有什么话呢?什么话也没有。哥哥埋头看书;姐姐随了时下流行的风气,或者绣枕头套,或者织线袜,米尼脚上穿的全是这种袜跟往下滑的一张线票四团线织成的袜子;阿婆在方桌上算钱。她先将剩余的钱点一遍,再把剩余的数字除以剩余的天数,就是即日起至下次寄钱的日子,除法的结果便是以下天数里开销的标准。然后,再将自上次寄钱来至今日为止的用度计算一下,得出过去的时间内平均每日的花费。将以后的预算和以前的消费做一个减法,则可得出答案:今后的日子是要松于以前,还是紧于以前。这个答案将决定第二天的财政方针。这是每天都要进行的计算,因此这财政方针也就应形势而不断变化改进。有时候,米尼主动要帮阿婆计算却遭到了拒绝,因为这对于阿婆是一项有趣的工作,就如智力游戏一般,不许别人剥夺。而有时候,当阿婆陷入一片糊涂无法自拔,反过来要求米尼的援助,又恰恰正是米尼最不耐烦计算的时候。于是,她们祖孙俩的关系便日益恶化。到了最后,阿婆觉得米尼是她最大的敌人,米尼也认定阿婆是她最大的敌人。

楼下东西两厢房内,住了一家四口。男人是方言话剧团的一名跑龙套角色,女人是家庭妇女,家里有一对女儿,大的叫小芳,小的叫小芬。姐妹俩特别喜欢吵嘴,吵起来不怎么激烈,也没有什么精彩的言辞,只是一人一句、一人一句地来回拉锯。比如:神经病!神经病!神经病!神经病!或者:十三点!十三点!十三点!十三点!谁说最后一句,谁就是胜利,因此便无穷尽地反复下去了。米尼无聊的时候,就去依在姐妹俩住的西厢房门口看她们吵架,直看得昏昏欲睡。有一次,正无休无止时,只见她们的父亲,那一个经常在舞台上出演宁波裁缝、苏北剃头匠,或者山东籍巡捕的角色,忽然怒冲冲地从东厢房朝西厢房跑去。米尼急忙从门口跳开,踏上两级楼梯,心想:小芳爸爸光火了。姐妹俩不由得也放低了声音,她们的爸爸冲进西厢房,朝方凳上一坐,米尼心里一跳,姐妹俩静默了足有三秒钟。不料她们的爸爸只是把一条腿往另一条腿上一搁,又从口袋里摸出香烟点上,很感兴趣地看着她们,好像看戏一般,那姐妹俩只得又一句去一句来地进行了下去。米尼掩着嘴转身奔上楼梯,伏在扶手上笑得直不起腰。

她天性里还有一种特别能领会幽默的本领,什么事情是有趣的,什么事情是不大有趣的,她能分辨得清清楚楚。这使得小芳的爸爸很欣赏她,说她聪敏。在夏天的晚上,大家在后门口乘凉,这位滑稽角色有时会说一些故事,吸引了大人和孩子,笑声总是此起彼落。最终,他常常摸着米尼的头,说米尼笑得最在门槛。

这位滑稽演员,在江湖上走了多年,运气一直平平。他的幽默才能,始终不能受到赏识,总是被派演一些小角色。而他并不费力地就将这些小角色演得惟妙惟肖,赢得意外的效果,于是就被认定是一块天生的小角色材料。渐渐地,他就将他在舞台上得不到使用的才能运用到日常生活中来,成了一个老少皆宜的滑稽角色,给人们带来了无尽的快乐。谁家婆媳生气,谁家夫妻吵嘴,人们就说:去叫小芳爸爸来。而小芳爸爸果然来了,只在门口一站,吵嘴和生气的人就眉开眼笑了。他有时候会说一句很奥妙的话:不是我有趣,是大家要我有趣。他曾经带米尼和小芳小芬一起去看他们剧团的戏,看完戏后,米尼的感想是:这一台戏都不如小芳爸爸这一个人有趣。她将这话对他说了,他听了竟有些激动,眼睛都湿了似的。他久久没有说话,用手抚摸着米尼的头,米尼也没有说话。从这以后,米尼在心里就和他很亲。

米尼给她的同学们讲的笑话,大多是从小芳爸爸那里批发得来的。小芳爸爸就像是她快乐的源泉似的,任何愁惨的事情到小芳爸爸面前,便全化为快乐了。有时候她在心里暗暗地想到:如果小芳爸爸是她的爸爸就好了。她自己的爸爸,还有妈妈,是什么模样的,却已经被她忘记得一干二净。只是他们所在的香港,使她感到神秘,心里隐隐地还有些虚荣。当她为自己家庭不够完美以及不够富有而感到自卑的时候,她就以这个来安慰自己。她想:我的爸爸妈妈在香港!香港,你们去过吗?可是,哥哥却绝不允许家里任何人提起香港。

她心里笑话哥哥:难道你不是吃香港的吗?嘴上却不敢露半点。哥哥是唯一使她敬畏的人,这一辈子里,她不记得她还敬畏过别的什么人了。于是,她只得将这点虚荣埋藏在心里,当有人问及她的父母时,她就大有深意地沉默着,然后略略有些悲戚地说:不知道。同时,她还找了一个时机,与全班嘴巴最快的女生海誓山盟,将这秘密告诉了她,并说她是这世界上唯一知道秘密的人。仅仅到这一天的下午,这秘密已经人所周知。于是,她便对那女生说:你做了泄密的叛徒,我从此再不能相信你了。就此和这个她并不喜欢的女生绝了交。

现在,所有的人都知道米尼的爸爸妈妈在香港了。到了"文化大革命",就有同学站出来,要米尼和父母划清界限。米尼回答道:可以的。不过,请人民政府付给我生活费。后来,有同学大约去作了一番调查,查明米尼的父母在香港是城市贫民这一档的人物,也是劳动大众,不属于革命的对象,就不再找米尼的麻烦。而米尼却隐隐好像受了一个打击,自尊心受了挫伤,见了同学反有些躲避了。自此,同学们提起米尼的父母,也换了口气,先是说:米尼的爸爸妈妈在香港,然后说但是,"但是"后面是省略号。米尼听到了,就在心里冷笑:无产阶级要不要翻身了?也有多事的没有眼色的人跑来邀她参加革命组织,她笑眯眯地谢绝了。她说她觉悟不高,生怕站错了队。听说现在革命队伍有好几支呢!人们听出她话里的骨头,又不好说什么,只好走开了。

一九七〇年,米尼要去安徽插队落户了。走之前,她对阿婆说,她不在家里吃饭,应当把她的那份生活费交给她。阿婆恨恨地望着她,心想自己千辛万苦,竟喂大了一只虎,停了停才慢慢地答道:人家都是吃自己的呀!这时候,哥哥在江苏溧阳的农场劳动锻炼,每月已开始拿工资;姐姐早一年就分在了工厂,也有了铁饭碗。米尼当然听出了这话里的潜台词,不由得恼羞成怒,涨红了脸,而她立即压下了火气,反笑了起来,说:假如爸爸妈妈愿意给我饭吃呢?

阿婆说不出话,脸皱成了一团。这些年来,儿子媳妇按期地寄钱来,她总是扣一些钱存着,以防不测。开始这钱是为了孙儿孙女,怕他们生病。慢慢地,孩子长大了,这钱就有些是为了自己的了。她渐渐地很怕自己生病,又怕自己会老,她觉得自己已到了朝不保夕的年月。在这茫茫人世上,唯一可使她感到安全的就是这些燕子衔泥一样积蓄起来的钱了。钱一点点积多了,她却反而觉得不够了,她积钱的热情日益高涨。孙子在农场,自己的工资足够养活自己了;大孙女一月十八元时,她并不说什么,待到第二年拿到二十三元了,她便让她每月交五元作饭钱。

哥哥本来就忌讳香港来的钱,盼望自食其力;姐姐由于麻木,对什么都浑然不觉;米尼却将端倪看得很清,经常生出一些小诡计,迫使阿婆用钱。阿婆越是肉痛,她越是想方设法去挖阿婆的钱。看见阿婆脸皱成一团,她心里高兴得要命,脸上却十分认真,殷殷地等待阿婆的答复。阿婆说:给你一个月十块。其实她心里想的是十五块,出口却成了十块。米尼以这样的逻辑推断出了十五块这个数字,又加上五块:每月二十块。她说。阿婆就笑了:你不要吓唬我啊,二十块一个月?到乡下是去劳动,又不是去吃酒。米尼就说:那也不是命该你们吃肉,我吃菜的。她的话总比阿婆狠一着,最后阿婆只得让了半步,答应每月十七元。米尼心想不能把人逼得太紧,就勉强答应了,心里却乐得不行,因为她原本的希望,仅仅是十元就足够了。从此以后,爸爸妈妈从香港给阿婆寄钱,阿婆从上海给米尼寄钱,插队的日子就这样开始了。

# 第 三 章

米尼到上海的第二天上午,就穿了紫红的罩衫和海军呢长裤,还有一双锃亮的牛皮高帮棉皮鞋,按了阿康给的地址,去找阿康了。

路上,她也想过,如果这是一个假地址呢?在以后的日子里,米尼发现,当时她这样想是有道理的,冥冥之中,她就好像是知道了一些什么,她知道一些什么呢?

她乘了几站无轨电车,就到了地址上写的那条马路,她顺了门牌号码依次走过去,见地址上的号码所在是一家日用百货商店,心里不由得一惊。可再一定神,见地址上注明的是三楼,便从商店旁的弄堂穿过去,走到了后门。后门开着,她走进去,上了漆黑的狭窄的楼梯,她忽然就像做梦似的,她想:这是到了什么地方?心里忐忑不安。

她对自己说:她和阿康分别仅仅只有二十四小时啊!可是二十四小时前的事情却恍若隔世。楼梯黑得要命,伸手不见五指。忽然间却有一线光芒,左侧墙壁裂开似的启了一道缝,一双眼睛在注视她,原来那里有一扇门。米尼几乎魂飞魄散,可是这时候她有一个非常清晰又非常奇怪的念头,那就是:再也不可能回头了。于是便镇静下来,向上走去。

阿康家住在三层阁上。一个老头出来开门,他穿一件洗白了的中山装,胀鼓鼓地罩着棉袄,扣着风纪扣,戴副白边近视眼镜。他说:你找谁,同学?米尼听了这称呼就想:怎么像个教书先生?脸上却微笑着说:我是来找阿康的。他略略一皱眉,又问:你找他有什么事吗?米尼很不好回答地停了一停,然后就说:我们约好的。在什么地方约好的?那教书先生再问。米尼心想:难道是包打听吗?样样都要问。

见她不回答,老头就说:如没有什么事情,就回去吧。说着就要关门。米尼一急,就有主意,说道:我是和他一个厂的,昨天一部火车回来,说好了今天和他碰头。老人就有些疑惑,说:一个厂的?难道也是技校一起分过去的?米尼笑了:我哪会是技校的呢?我是插队的,刚刚招工上来。老头心有存疑,米尼的话又滴水不漏,就说:你等一等。转身进去,把米尼留在门口。米尼想:这是哪一座菩萨啊,这样的难见。她又暗暗好笑:阿康你原来住在这样的地方,而心里却觉得阿康更亲切了。

这时,老人回来了,没说什么,只把门拉大了一些,示意她进去。进去是板壁隔起的过道,过道上有水斗、煤气灶、碗橱,有两扇通向房间的门。老人替她推开左边的一扇,阿康正坐在床沿上穿裤子,看见米尼,就说:这样早就来了?米尼听了这话,隐隐地有些受打击,就说:也不早了。阿康套上裤子,下了床,站在床前系皮带。米尼嗅到被窝里散发出一股热烘烘的男人的气息,有些激动。阿康说:你坐一会儿,我去刷牙。然后就出了房间,随手关上了房门。

透过薄薄的板壁,米尼听见那老头在问阿康:她是你们厂的同事吗?阿康回答说:不是,插队的。老人又问:在什么地方认识的？阿康说:轮船上！怎么一认识就到家里来找？老头追问。阿康说:明明是你放进来的,倒推卸责任。老头就说:阿康,我和你说——说什么呢？却什么也没有说。米尼掩了嘴笑起来,觉得阿康的回答又机智又有力。而且,她和阿康无意间联合了一次,和那老先生开了个不大不小的玩笑,很成功。

米尼一个人在房里等待了很久,她看看床上乱糟糟的被窝,床下横七竖八几双旧鞋子,桌子上的烟灰缸、一本《三国演义》、一个旧的地球仪,样样她都觉得新鲜,而且很亲切。阿康终于梳洗停当,并且吃了早饭,带了一股"百雀灵"香脂和大饼油条的香味进来了。只一天一夜之间,他的皮肤就又白净了许多,头发黑黑的,搭在额前。他只穿了毛衣的肩膀和身躯,又结实又秀气,腰身长长的。他朝米尼笑笑,露出洁白的牙齿,然后就走到床前叠被子。

米尼望了他的背影,眼泪涌了上来。她伸手从背后抱住了他,将脸贴在他的背上,说道:阿康,我要跟你在一起,无论你要我做什么,都可以的。阿康怔了一会儿,又接着把被子叠完,掸了掸床单。米尼反正已经豁出去了,她将阿康抱得更紧了,又一次说:阿康,我反正不让你甩掉我了,随便你怎么想。说罢,她泪如雨下。

阿康不禁也受了感动,轻轻地说:我有什么好的？米尼说:你就是好,你就是好,你就是好。阿康就笑了:我又不是"文化大革命"。那时候有一支歌,歌名叫作《文化大革命就是好!》。米尼扑哧一声也笑了,松手去擦眼泪。阿康趁机脱出身子,在床沿上坐下。

米尼走过去挨了他坐下,柔声说:你比"文化大革命"还要好。阿康说:你不要这样说,你这样说我倒不好意思了。米尼说:你不要客气。阿康说:我不客气,是你客气。米尼抱住他的头颈,说:那我就不客气了。不管你喜不喜欢我,我反正喜欢你了,你是赖也赖不掉了。阿康说:我没有赖。米尼歪过头,看牢他的眼睛,说:你喜欢我吗?阿康沉吟着,米尼就摇他的身子,说:你讲,喜欢还是不喜欢?阿康说:你不要搞逼供信呀!米尼就笑,笑过了又哭。她想,天哪,她怎么碰上了这么个鬼啊!她心甘情愿输给他了。

他们就这样厮磨到中午,那老头就在门外说:阿康,你的客人在这里吃饭吗?这话显然是逐客的意思了,可是阿康却说:要吃饭的。老头咳嗽了几声,走开了。米尼掩嘴笑着笑着眼泪又落了下来。她就在阿康肩膀上擦眼泪,阿康心有点被她哭软了,嘴里却说:你不要哭了好吗?我的毛衣要缩水了。

吃过中午饭,两人就出门了。老头追到门口,问道:什么时候回来?阿康说:随便什么时候回来。米尼笑得几乎从楼梯上滚下去。两人一部车子乘到外滩,顺了南京路从东往西走,一路走一路吃东西:冰砖、话梅、素鸡、小馄饨、生煎包子。这一次是阿康付钱,下一次就是米尼付钱。阿康问米尼,插队的朋友怎么会有进账?米尼笑笑,说:你别问了,反正不是偷来的。阿康忽有些不悦,沉默了一下。当时,米尼不知道阿康为什么沉默,以为自己没有正面回答他的问题,他不高兴了,就提议到人民公园去坐坐。

两人进了公园,找了条避风又有太阳的长椅坐下来。这时候,米尼就慢慢地将自己的事情讲给他听,告诉他,自己的爸爸妈妈是在香港,每月有钱寄给她,所以——她温柔地看看阿康——即使是她一直插队,一直抽不上来,也不要紧的。她自从插队以后,一直在存钱,现在已经有这个数了——她做了个手势。阿康表情淡漠地看看她的手势,笑了笑,没说什么。

她将头依在阿康肩膀上,说,将来有一天,他们都能回到上海,有一间房间,阿康现在的房间就很好,买一套家具,买一对沙发,一盏落地灯;白天他们乘公共汽车去上班,他们都有月票,单位里给办的;晚上回家,看看电影,逛逛马路;然后就有一个小孩——说到这里,阿康就问:哪里来的小孩?谁家的小孩?我和你的呀!米尼说。叫什么名字?他又问。随便你呀!米尼摸摸他青青的下巴。

阿康就说:不要起名字了,起个号头吧,就叫阿康两号。米尼说:叫起来像一种农药或者一种稻种。阿康说:好,请你再讲下去,阿康两号以后怎么了。米尼接着说:阿康两号长大了,有一天乘火车去杭州游玩——不对,是乘飞机出国,到阿尔巴尼亚访问。阿康纠正道。是我弄错了,对不起,阿康两号在飞机上认识一个女的——翻译,是翻译。阿康说。阿康两号请她吃了一粒糖——不对,是一粒毛栗子。阿康说。毛栗子通常是指用中指的关节叩击一下,叩击的部位一般是脑袋。后来,阿康两号就和她谈朋友了。谈朋友的过程不是那么顺利,因为追求阿康两号的人非常多,当然那女翻译的追求者也很多——比阿康两号少一点。阿康说。一样多,米尼说。阿康正色道:你怎么吃里扒外?阿康两号是我们的小孩,你为什么倒要长别人的威风?米尼就让步了。

等到阿康三号出生的时候,天暗了,黄昏来临了。他们说,差不多了,我们好退休了,就站起来,准备回家。两人从长椅上站起来时,忽然紧紧地抱在了一起,阿康承认他开始有一点点喜欢米尼了,虽然米尼不好看,却是很聪敏。米尼说:女人的漂亮是钞票,用得完的;女人的聪敏却是用不完,而且越用越多的。阿康就问:那是什么呢?难道是印钞票的机器吗?米尼感动地抱紧了他,喃喃说道:和你阿康头号在一起是多么的开心啊,永远不会不开心了。

他们出了公园,还不想回家,就继续在马路上逛,看了一场电影:《智取威虎山》。电影散场,已是晚上十点了,街上行人很稀少,路灯黯淡。他们在一根电线杆子后面又拥抱了很久,才终于分开,各自回家了。

以后的三天,他们都是这样度过的。每天早晨,米尼就来到了阿康家的三层阁上,然后或是在房间里厮磨,或是出去逛马路,深夜才归。

第三天的晚上,他们在人家的门洞里纠缠了很久,依依不舍,末班车都要错过了的时候,米尼说:我实在和你分不开了,要分开只有死路一条了,你去和你爸爸妈妈说,我们要结婚。阿康说:结婚是一件大事情,要办各种手续,不是说结就可以结的。米尼说:不结婚,我们晚上就要分开,住到各自家里去,就好像住男女宿舍一样,这样的日子,我一天也过不下去了。阿康说:关键就在这里,其实我们只要可以不分开来,结婚不结婚是无所谓的。米尼说:你有什么办法,快说出来呀!阿康说:其实我一点办法也没有。米尼说:你快想啊!办法是人想出来的啊!阿康想了一会儿,然后说:我想来想去还是没有办法呀!两人都非常绝望,觉得他们是非常非常的不幸。

这样的日子又过了三天,马上就要过年了,不料却有了办法。阿康在宁波乡下的阿娘死了,他们全家要去奔丧。而就在这千钧一发的时刻,阿康冲开水的时候烫伤了脚,他把开水冲到了自己的脚上。他就可以不去宁波了。这样,米尼就可以和阿康一起住至少一个星期。米尼想:这才叫天无绝人之路呢!也是我们有缘分啊!她又很感慨。她预先就和阿婆说,从某一天起,她要和同学去苏州玩,要玩一个星期左右。阿婆说:正好是你哥哥要回家的这一天,你怎么要走?或者晚几天走呢?米尼说:要我晚走可以,不过这几天我不交伙食费,好不好?阿婆脸一红,悻悻地走开了。

每次回家,阿婆都先要与她算一笔细账:她在家期间应按什么标准交纳饭钱,而她带回家的土产,又应按什么价格销售给家里,这两项再做一个减法。米尼常常想在计算上使个计谋,或多进一位或少进一位,可是阿婆越来越精于计算,她的阴谋很难得逞。这时,米尼给了阿婆意外的一击,心中暗暗高兴。

可到了这一天,海上忽然起浪了,去宁波的船停开,推迟到什么时候也不知道,让听每日早晨的新闻。米尼本已带好了牙刷用具和换洗衣服,结果又跑了回来。阿婆脸上流露出抑制不住的得意和喜悦的表情,却故作吃惊地问道:怎么还没走?还当你已经到苏州了呢!"苏州"这个词在上海话中还有一重意思,就是做梦,有人进入了梦乡,人们就说:他到苏州了。米尼装听不见,不回答。阿婆又问:什么时候去苏州啊!还将"苏州"二字着重地说出。米尼没好气地说:不知道。阿婆就更欢喜了,这使她对米尼反倒宽容起来,说话和和气气的。

第二天刚吃过中午饭,米尼却收到阿康的传呼电话,让她打回电,这其实是个暗号。米尼嘴里答应着,却并不去回电,而是跑上楼,拿起昨天已收拾好的东西,向阿婆说道:再会。就走了。阿婆顿觉自己上了她的当,恨得咬牙,心想:她要不回来才好呢!

米尼走到弄堂口,正遇小芳爸爸迎面走来,见她拿了包出去,就说:怎么刚回来就要走?米尼说,并不是回安徽,只是出去玩玩。小芳爸爸说:过年了还出去玩?米尼笑笑,不回答。他又说:过年时节,外面很乱,要当心。第一是保牢自己的人,第二是保牢钱。人是鱼,钱就是水。有了水,鱼活了;有了鱼,水也活了。米尼又想笑,却有些鼻酸,她想:她这一趟走,其实是回不来了。就算人回来了,也不是原来那个人了。她想:遇到小芳爸爸是一件好事情,就算他是来送自己的吧。她很高兴送自己的人是小芳爸爸,而不是别人。

小芳爸爸看她并不急着走,便也站定了,从口袋里摸出香烟火柴,米尼就说:我来给你点火。小芳爸爸深深吸了一口烟,慢慢说道:米尼,你还是比较让大人放心的,独立能力强。米尼说:我不独立也没有办法。

这话她是认真说的,小芳爸爸慈祥地看了她一眼,这一眼又叫米尼鼻酸了一下,他说:人在世上一遭,你晓得好比什么?米尼说:不晓得。他就说:就好比一个人独身走夜路。路呢,并不是好好的一条到底,有许多岔口。上错一条岔口,就会走到完全不同的地方。走了一夜,天亮了,四周一看,一切都清清楚楚,走的是哪一条路,到的是什么地方,在什么地方上了岔口,如果不上这个岔口,而是上那个岔口,路就好得多了,目的地也光明得多,什么都明白了,可是已经晚了,不可以回头了。米尼听到这里,就问:有没有什么窍门呢?小芳爸爸说:窍门没有,但我这个过来人,倒有两条经验,可以交代给你。一是顺其自然,二是当机立断。关于这两条,是有一出戏好唱了,但总的来说又只有一个"悟"字——"悟"是什么意思,米尼你懂吗?

米尼渐渐没了耐心,就打断他的话说:现在几点钟了,小芳爸爸?他立即明白过来,说:好了,不说了,这本不是三言两语可说完的。你要走了,祝你玩得开心。再会,再会。他的手在袖口底下挥了挥。转身进了弄堂,米尼则朝车站跑去。她心里已经平静下来,充满了快乐,再没有一点留恋。

无轨电车出奇地人少,她竟坐到了一个位置,将她的花布包搁在膝盖上。她觉得这一个星期是永远也过不完的,一个星期以后的事情,她连想都没有去想。

米尼走进阿康家时,阿康正坐在大房间方桌前玩一副扑克牌,见她来了,就说:来了啊?米尼回答:来了。把手里的东西放下,然后环顾周围,问:你们家有什么年货吗?他说:你自己去看,全吊在窗口。窗口屋檐下,果然吊有一只风鸡、一只蹄,还有一条青鱼。她又问:晚饭吃什么?随便。阿康说。炒鱼片,再削点精肉下来炒笋片,我带来了香菇木耳,烧汤。米尼说道。再烫二两黄酒。阿康吩咐。米尼就开始忙,一边忙,一边说:你爸爸妈妈在宁波住一年就好了。这是不可能的。阿康说。

他正在通关,通完了一副,就放下牌,过来看米尼片鱼。他的脚除了包了一圈纱布以外,和别人的脚没有什么两样。米尼回过头,笑眯眯地说:阿康你应当老实交代,你的脚是真烫还是假烫。阿康说:真烫。米尼又说:是你无意烫的,还是有心烫的?阿康说:无意烫的。米尼说:你瞎说,明明是有心烫的,好留下来和我结婚。阿康说:如果我是有心烫的,我就不是人。米尼说:你就不是人。阿康说:我是人。不是。米尼说。我是。阿康说。

然后他们一个炒菜烧饭,另一个则去烫酒。

窗外的天暗了下来,他们拉上窗帘开开灯,房间里显得格外温暖。米尼感动地说:阿康,这要是我们的家该多么好啊!阿康也受了感动,说:可惜这不是我们的家呀!

他们俩一人坐一边,面对面的,开始喝酒,米尼觉得自己从来没有这样快活过。他们俩都微微地红了脸,眼睛泪汪汪的,看什么都蒙了一层雾气似的,有些影影绰绰。他们一边吃喝一边谈天,说到各种各样的事情。他们从来不抢着说话,当一个人说着的时候,另一个人总是专心地安静地听着。不像有一些人在一起,只是为了说给别人听,至于别人说什么,都是无关紧要的,弄到后来,因为没有人听,说的人也就白说了。而他们不。第一是因为他们都具有说话的艺术,当他们中间无论哪一个叙述一件事的时候,绝不会使对方感到乏味和无聊,第二是因为他们还具有同等的听话的艺术,对方说话里微妙的有深意的部分,全都无一遗漏地为他们吸收,补充进各自的经验。他们听话的才能还能反过来检验并锻炼说话的才能,使得说话更具魅力,来增添彼此听话的乐趣。

他们俩在一起说起话来,往往会忘记了时间。他们一边说,一边吃,直吃到盘子底朝天,才暂时打住了话头,说:明天再说,明天再说。

他们欣喜地发现,这正是往常他们必须分手的时间,自鸣钟当当地敲了十一点钟。今天他们不必分手了。不必再回到各自的"男女宿舍"去了。他们来不及洗碗,就去洗脸和洗脚,来到了阿康的小房间。

米尼发现,小床上新换了床单,被子也洗过了,她满眼是泪地叫了声阿康,阿康却有些不好意思,像做了什么错事似的,嘟哝道:过年嘛!米尼噙着泪说:阿康你不要赖了,我看你还是喜欢我的。阿康摸着她的头发说:我这个人要求是不高的。米尼含泪笑道:你的要求很高,阿康。真的不高。阿康抱住了她。米尼说:阿康,你晓得吧,在轮船上,我一眼看见你,就决定要抓住你了。阿康说:我也看出这一点了。我晓得我是逃不过去的,就不逃了。我永生永世不会让你逃脱的。米尼说。那就要看你的本事了。阿康很客观地说。阿康,阿康,你为什么不在临淮关上火车呢?米尼激情满怀地叫道。

他们俩彻夜地拥抱和亲吻。隔壁房间的自鸣钟,响了又停,停了又响。曙光透过了窗帘,新的一天来到了。米尼觉得,这一日和过去所有的日子都完全地不一样了。

他们这样过了三个晚上,除夕的夜晚就到了。他们偎依着坐在一桌丰盛的酒菜前面,觉得幸福无边。窗外响着鞭炮,劈劈啪啪。阿康说,我们也放一百响电光炮,这是我特意从安徽带来的。这时候,上海的鞭炮是很少的。他们将鞭炮系在晾竿上,点燃后伸出了窗外。鞭炮炸响了,房间里弥漫了硝烟,打仗似的。他们快乐地咳呛着,米尼叫道:你爸爸妈妈不要回来了多好!阿康叫道:可是他们是一定要回来的啊!米尼又叫:我不要他们回来,我要在这里,就我们两个人在这里。阿康却被她的话扫了兴似的,冷笑了一下:这个三层阁我已经住得要起霉啦,要住你自己住吧。米尼一怔,又说:我要你在这里。阿康说:谢谢。米尼说:不要谢。阿康还是说:谢谢。

鞭炮的火药味渐渐消散了,米尼往桌上的火锅添了炭,又加了水,阿康默默地喝了一碗菠菜汤。米尼抱着阿康的身子说:和我喜欢的人在一起,过什么样的日子我都欢喜。阿康笑笑,慢慢地说:你晓得你喜欢的人是什么人呢?你呀!米尼说,把身子放倒,头枕在他的膝盖上,眼睛从下朝上看着他,心想:他是多么好看而又聪敏。她喜欢清秀聪敏的男人,她觉得粗笨的男人就像动物。脑子里一跳出这个比喻,她就笑了。自鸣钟当当地敲了十二下,新年到了。在新的一年里,他们的命运将会如何?

很多年过去以后,米尼脑子里还经常回荡着这除夕的钟声。

钟声响过以后,他们坐在桌子两边,用扑克牌玩"接龙"。梅花七在阿康手中,所以阿康先出牌。两个人玩牌是很难玩好的,因为彼此都知道对方手里的牌,技巧就在于什么牌应当先出,什么牌应当后出,既要卡住对方,却又不能卡了自己。他们玩得很认真也很投入,新年的早晨慢慢地来临了。

大年初一好好地过去了,大年初二也好好地过去了。大年初三的早晨到了。

早晨起来,阿康有些心不定似的,先在房间里走来走去,后来又坐下来,坐了至多两分钟又站了起来,再后来就干脆躺到床上去了。米尼说我们打牌吧,他说不打;米尼说去看电影,他说不看;米尼想,他或许是累了,就让他躺一会儿吧。过了一时,听小房间里没有声音,就走过去看看,见他躺在床上,眼睛望着黑黝黝的屋顶,一只手枕在头下,另一只手拿了个拔猪毛的钳子夹下巴上的胡子茬,那情景使她觉得有些古怪,隐隐地不安。

中午饭时,阿康的胃口也减了许多,劝他再吃,他就有些烦躁,将碗一推,什么话也不说地又进到小房间里。米尼听见他在小房间里走来走去,腿碰在床沿和桌椅上,砰砰地响。米尼想去问他,是生病了还是怎么了,却也晓得问是问不出什么的,不如由他去,等毛病过去了,再说。

她这么一想,心反而定了,洗好碗,擦好桌子,伏在窗口看街景。初三的街道,似已有一些疏落,行人不多,商店开了一半,另一半还在放春假。对面弄堂口站了几个小青年,他们好像永远站在弄堂口,从米尼第一次来阿康家就看见他们了,就像是站岗,连春节也不休息。米尼暗暗好笑,接着又细细打量他们。他们不说话,也不笑,表情甚至很严肃。他们有时候是几个人相对而站,有时候则一齐面朝了街道,他们站在这里做什么呢?米尼心里想着。

这时,小房间里又没了声音,静静的,她便走过去看。阿康蒙了毯子在睡觉了。米尼蹑着手脚走进去,脱了鞋,轻轻地钻进了毯子。不料阿康陡地一惊,几乎从床上跳起来,反把米尼吓了一跳。是我啊,阿康。她温柔地抱住了阿康,觉得他很柔弱,心里充满了怜惜。你把我吵醒了。阿康微微喘吁着说。对不起,阿康。米尼把脸贴在他背上,她觉得,只有抱着阿康的时候,阿康才是真的,其他所有时候,阿康都好像是假的。你要把我扼死了。他说。我没有扼你。米尼说。扼了。没有。

他忽然又急躁起来,挣脱了米尼的搂抱,坐了起来。坐了一会儿,他说:我想自己出去走走。米尼让他下了床,默默地看他穿上鞋子,又穿上棉袄。他说过"我想自己出去走走"这句话以后倒镇定了下来,很坚决地扣着扣子。米尼有些害怕,她觉得阿康好像在梦游似的,变得那么古怪而不近情理。他扣完扣子,又在脖颈上围了一条灰蓝色的围巾,然后两手插在西装裤的裤袋里,推开了门,走下黑暗而狭窄的楼梯。

米尼呆了,一动不动地站着,等到阿康的背影最终消失在楼梯下面,她才觉悟了似的"哎哟"了一声。她返身跑到窗口,街上静静的,对面弄堂口依然站着那几个年轻人。这时候,她看见窗下百货店旁边的弄堂里走出了阿康。他低了头,双手插在裤袋里,穿了中式棉袄罩衫的身形是那样的优雅。他走出了弄堂,沿了马路朝前走去。天哪,他要去什么地方啊!米尼的喉头哽住了,她觉得事情不对头,很不对头。她应当阻止他出去的,可她知道她阻止不了。

她目送着阿康走到街口,前边是人车如流的大马路。阿康斜穿过马路向右一转,汇入了大街的人流之中,不见了。米尼的眼泪掉了下来,她隐隐觉得,他这一去是凶多吉少。她甚至会觉得,他这一去,回来的希望是渺茫的。她对自己说,这纯粹是胡思乱想,她不应当胡思乱想。她像只热锅上的蚂蚁那样,在房间里转来转去。这时候,她还不知道,她担惊受怕的日子,已经开头了。

有时候,当她走在正午的阳光耀眼的大街上,人群从她身边流过,她觉得所有的一切都是另一个世界的景象,她想太阳是照耀人家世界里的太阳。报摊上出售着当天的日报和隔夜的晚报,人们议论着这个城市的或别的城市的大事和小事,可是,这与我有什么关系呢?她笑嘻嘻地想,照常走她自己的路。

太阳渐渐移到了西边,米尼趴在沿街的窗口,望穿了眼睛。她曾经想出去找他,可是她又想,万一在她出去的时间里,他却回来了怎么办呢?他没有带钥匙,进不了房间,他会不会没有耐心等她,转身又一次上街了?她不敢走开,她觉得她除了等待是没有别的办法的。她无心烧晚饭,心想:人都没回来,晚饭又有什么意思?她自己没有发现,她其实充满了无望的心情,从他出门的时候开始,她就好像已经断定他不会回来了。她想:他会不会到他的同学家里去?就拼命翻他的抽屉,想找一些地址什么的,却什么也没有找到。

天暗了下来,路灯亮了,有一瞬间,米尼感到了静谧的气氛。这时候,她就想:也许他就要回来,看见没有晚饭吃,就要生气了。于是她就去淘米。可是这一阵的安宁却转瞬即逝,她将锅子放在煤气上,忘了点火,重新坐到窗口去了。

对面弄堂口的路灯亮了,照着那几个年轻人。他们双手插在裤袋里,低着头,相对而站,围了一个圈。他们其实是这世界上最最寂寞的青年,他们之间以寂寞而达成深刻的默契,这默契将他们联合起来,与外界隔绝,甚至对抗。他们的寂寞和孤独传染了米尼,米尼想:他们是不是应该回家去了。家家窗户的灯光都明亮着,流露出温暖的节日的气息。人们都在吃晚饭呢!

米尼将下巴搁在胳膊肘里,望着阿康走去的那个路口,那里有一盏路灯明亮地照耀着,可是没有人。不知什么时候,对面弄堂口的男孩们没有了,就好像是消失到地底下去了似的,无声无息。米尼等待得已经累了,她茫茫地看着前边的路口,心里什么念头也没有。有鞭炮零落的声响,使米尼想起除夕的晚上,那仅仅还是三天之前啊!米尼静静地流着眼泪。

晚上,阿康没有回来。他的不回来,就像是在米尼预料之中的那样,她没有急得发疯,急得发疯的时候已经过去了。她和衣躺在床上,盖着毯子,每一点动静都会使她想一想:是阿康回来了吗?她一夜没有合眼,到了天亮,第一线曙光射进窗户的时候,她决定,去找阿康。起来之后,梳洗一番,又烧了泡饭自己吃了,然后便锁了门下楼了。

这还是清晨很早的时候,人们都没有起床,紧闭着门窗。她走下黑暗的木楼梯,听见老鼠在地板下面逃窜,嗖嗖的脚步声。她出了门,又出了弄堂,走上了街道。对面弄堂口已经站了一个男孩,焦灼不安地来回踱步,等待他的同伴。初升的太阳将米尼的影子拉得长长的,斜过街道,年初四开始了。

米尼让过一辆自行车,到了马路对面,然后朝右转弯,上了大马路。一部无轨电车开了过去,车上人很少。她沿了电车路线走了一站,路上几乎没有什么行人。几家早点铺开了门,飘出油污的气息。她乘上电车,到了外滩,沿了黄浦江走。太阳渐渐高了,把江水照得明晃晃的,那时的江水还不像十几年以后的那么污浊,风吹来微带腥味的江水的气息,有大人带着孩子在散步。轮船静静地泊在江岸,远处汽笛叫了,呜呜地响。她漠漠的目光从江上掠过去,看见了荒凉而广阔的对岸。她从黄浦公园一直走到了十六铺码头,再又走了回来。

到了中午的时候,大街上行人如潮,度着春节里最后的一个假日。她望着拥来拥去的行人,不晓得他们是在做什么。她也问自己,她是在做什么?因为她心里其实一点希望也没有,这样走来走去只是为了使自己有点事情可做。她买了一个面包,伏在江边水泥护栏上吃了,阿康已经变成非常遥远的回忆,简直和她没有一点关系似的。吃完面包,她又在茶摊上买了一杯温吞吞的茶水。然后,她就离开了江边,穿过马路,走过和平饭店,往南京东路去了。高大的建筑群里回荡着江风,呼啦啦的,几乎将人刮倒。越过阴沉的高楼的石壁,太阳炫目地走过碧蓝的天空。

南京路上,行人摩肩接踵,游行似的浩荡地走着。在华侨饭店旁边,她看见了她的姐姐和阿婆,她跳上饭店的石阶,躲在廊柱后面,看她两人停在"翠文斋"食品店门口,商量要买什么东西。她将她们看得那么清楚,好像她们是面对面地站着。阿婆紧紧地抿着嘴,目光苛求而坚定,姐姐漠然和平,怎么都行的样子。显然是阿婆要买一件东西,待要买时又犹豫了,犹豫了一阵还是要买。米尼站在华侨饭店门前高大的石头廊柱后面,心里充满了咫尺天涯的感觉。

她们最终离开了"翠文斋",继续向东走,从她面前走过,消失在如潮的人群里面。米尼觉得自己和她们是永远地分离了。她走下宽阔的石阶,去继续她流浪般的寻找。

这时候,她并不知道,从此她流浪的生涯就开始了。

过了一天,又过了一天,阿康没有回来,他的父母却从宁波回来了。

# 第 四 章

阿康的父亲和母亲都是吃粉笔灰的。六十年代初期,父亲得了肺病,就退职了。其实,生病只是表面的理由,深处还有一个不为众人所知的原因。那就是,当他还是一名中学生的时候,曾经加入过国民党三民主义青年团。当时的情景已经记不清了,总之是有人拿来一叠表格,你一张、我一张地填写了起来,他也填写了一张。那时他还是个孩子,没有头脑,没有政治主见,喜欢热闹,有许多人做的事情,他也就不拒绝做一做,否则就觉得自己很孤立。

一九四九年以后,渐渐地,这却成了他的心病。这心病在后来的历次运动中,如滚雪球似的越滚越大。每一次运动来,他就要自我斗争一次:是去向领导交代,还是不交代?他想,当年在一起填表的人都已离散,有的少年夭折,还有的出洋后再没回来。当时有许多人在,未必能记着有一个唐亦生也填了这表(唐亦生是他的名字)。可是万一呢?他不相信会有什么事情是万一也不会发生的。这些年来,他为人做事,如履薄冰,如临深渊。夜深人静时,他无数次地憧憬着那一日的情景能够重演一遍:当表格送来的时候,他恰恰走开了,去上厕所,或者去洗一块手绢。

这个秘密只有一个人知道,就是阿康的母亲。在那些胆战心惊的白昼或是黑夜,他们压低了喉咙,反复讨论着:是不是要去领导处交代。他们一会儿说去,一会儿又说不去;有时他说去,她说不去;有时则她说去,他说不去。有几次,他们实在挨不过漫漫长夜,就决定第二天一早就去向领导坦白。可是天亮的时候,他们心里稍稍豁朗了一些,心想:也许这些并没有什么,就打消了念头。还有几次,是白天里同事们的言谈举止使他们起了疑心,惶惶不可终日,就像过街的老鼠。然而到了夜晚,他们躲在他们小小的三层阁上,黑暗隐匿了他们,使他们松了一口气。

有时候,她鼓励他不要害怕,有时候是他鼓励她不要害怕,他们相濡以沫地度过了一天又一天,一年又一年。相比较而言,她的神经稍稍比他坚强,而他的精神几临崩溃,上班于他渐渐成为不可推卸的苦役,尤其是经过了星期天的休息而来临的星期一早晨,他甚至会出现心跳气短的病状。他变得疑神疑鬼,对谁也不相信。他没有一个朋友,无论是节日还是平时,都没有客人上门。他们两个大人和一个孩子深深地蜗居在这日益朽烂的三层阁上,时刻都会觉得灾难就要临头。

到了一九六〇年,他终于得病,提出退职休养,完全从社会上退身出来。他每天早上去菜场买菜,带回来油条和豆浆,打发女人孩子上班的上班,上学的上学,自己在家读几页《史记》之类的古书,再练几笔大字,写过字的纸都很认真地烧掉,然后就烧午饭。午饭后,他睡一个小时的午觉,再去马路对面弄堂口报栏看报。他看报看得很仔细,连电影广告也不漏过,看报总是要花去他大约一个小时的时间。看完报后,太阳就有些偏西,烧晚饭的时间到了。

晚上,孩子在灯下做功课,女人在灯下批作业,他在一边喝茶抽烟,心里充满了安谧的情感。隔壁隐隐传来收音机的声音,有时是歌唱,有时是新闻,听得不太真切。可是有了这点声音,他也满足了。他们家里没有收音机,因为收音机容易使人联想起"短波"和"敌台"这一类事情。为了防止人们对他们所能生出的一切怀疑,他们甚至连房门都敞开着,直到晚上睡觉才关上。他们对左邻右舍总是客气而恭敬,担任一些琐碎而麻烦的义务,比如收交水电费,参加每星期四的里弄大扫除。然而对于那些和文字有关的工作,比如出黑板报或者读报,他总是婉言拒绝。他表现得不积极却也不消极,样样事情做到正好使别人不太能够想起他。

在他最初的退职的日子里,他还有过一个想法,就是教导他的孩子。以他多年的教学经验,只要是一个智力中等的孩子,就可在他的辅导下顺利考上一个较好的中学,再考上一个说得过去的高中,以至考上大学。他既具有教育的学问,又颇懂得考试的窍门。在学校里,他以他做人第一的准则,将这一切才能藏而不露,只做到中庸为止。而对自己的孩子,情形就大不相同了。到了此时,他似乎才第一次认真地注意起自己的孩子,孩子已经十三岁了。

阿康从小长得格外清秀,白皙的瓜子脸,黑漆漆修长的眉毛,眼睛的形状像女孩子,大家都叫他"小姑娘"。这时候,人们都不会想到,日后"小姑娘"这个名字将会是很响亮的。他不仅长相清秀,还有一种特别整洁的习惯。在那个年代里,许多孩子都还需要穿有补丁的衣服,在长个子的年龄里,裤脚管常常是接了一截甚至几截。即使穿了这样的衣服,阿康依然是整整齐齐的。脖子上的红领巾也绝不和所有的男孩甚至女孩那样,皱皱巴巴,咸菜似的一根,尖角则被他们在沉思默想时咬噬得破烂不堪。他的领巾就好像熨过一样的平整。书包和课本也是干干净净的,很得老师的喜爱。

曾经有一度,老师想将他培养成班级里的干部,由他负责一些纪律的管理。可是逐渐地,老师开始放弃这个想法了。她感觉到,这个孩子远不是像他表面上那么听话的。有一次,她临时有事须走开一下,就让阿康领导一下晨读。当她回来的时候,孩子们正在朗朗读书,而她却感觉到教室里弥漫着一股激动的情绪。她是一个有着二十年教龄的小学教师,熟知学生们的每一点心理。她觉得他们读书读得过分的响亮和起劲,连最最捣蛋的学生也像一个三好生一样在勤奋地朗读。这读书声中含有一种阴谋得逞的兴高采烈的意味,这一切均逃不过她的眼睛。

下课后,她将阿康叫到办公室里,问他,在老师走开后,教室里的秩序怎样。阿康说,很好。老师又问了一遍,并且流露出意味深长的微笑。阿康依然说,很好。他坦然而天真地看着老师,却令她觉得这眼光中有一种不诚实的东西,她想要揭穿他,就说:老师其实并没有走远。他却说:老师既然知道了什么,为什么要问我。老师不防备会有这一答,不由得一怔,心里缓缓地想:这个孩子真不简单啊。

她最终也不知道在这个早晨,教室里究竟发生了什么,而对于这孩子的好感和信任,却在这个早晨消失殆尽。后来她很多次发现,在每一种捣蛋事件中,其实都有着他在幕后,而她又总是捉不住他。他显得老实和诚恳,并且保护同学,不肯做一点卑鄙的事情。如去问他什么,他总是说:我不知道。而老师明明知道他什么都知道,却没有一点办法好叫他承认。当老师发现自己原来是在和一个孩子斗法,心里很不是味道。为了纠正这样的想法,她曾经去做过一次认真的家访,她想:她是一名教育者啊!

她是在晚饭以后大约七点钟的时候去的,他已经上床睡觉了。父亲在喝茶,母亲则批改着一摞学生的作文,这时就放下作业,去小房间把他叫起来。他穿了毛衣走出来,站在老师面前。老师说:怎么这样早就睡了?他说没有什么事情,所以就睡了。老师就说:没有什么事情,就可以看看书,读读报纸,预习一下明日的功课,或者帮助爸爸妈妈做做家务。他回答说好的,就不再说什么了。他微微垂着头,眼睛无神,又不像是困倦。他坐在一张方凳上,手搭着膝盖。一盏二十五支光的电灯在他头顶昏暗地照耀,他清秀的脸上布了一些阴影。他趁人不注意的时候,就转动着眼珠去看老师,又看自己的父母,显得惶惑而不安。老师暗暗惊讶道:这孩子怎么变了?

她觉得孩子父母倒都是通情达理的人,因同是搞教育的,谈得就很契合。他们先是谈了些别的,然后才将话题转到孩子身上。他们共同地肯定了这个孩子的优点,接着,父母们就主动提及了他的缺点。他们认为,孩子最主要的不足之处是懒散,对什么都缺乏积极的态度。他们简直不知道什么事情是他最感兴趣的,他好像对什么都不感兴趣。说到这里,他们就转过脸,很温和地问孩子:你说说看,什么是你最喜爱的?他不回答,只是微笑。这一刹那,他十分像一个美丽的痴呆儿。老师很遗憾他们父母没有提到"诚实"这个问题,于是她旁敲侧击地问道:平时下午他几点钟回家？父母回答说：一放学就回了家。回了家做什么呢？老师又问。回家总是做作业。父母说，他倒是不出去闯祸的，可就是太疏懒了。老师最终也无法提出"诚实"的问题，因为这是没有根据的事情，仅是她的感觉。当她走出他家时，心想：这一对父母都是好人，可是却不够了解自己的孩子。其实他们父母的了解是比她更深刻了一层的。

当父亲准备对阿康进行课外辅导时，他才发现，在完成学校作业以后，是没有一点时间再做别的了。阿康将学校布置的功课做得很仔细很缓慢，用去半个下午和一个晚上。假如催迫过急，他便会生病，脸蛋烧得红红的，以至连学校的功课也无法完成，还要缺课一天。这一天，他就一直躺在床上，吃着父亲调好的糖开水和面条，让母亲把洗脸水端到床前漱洗。他躺在床上，也不睡着，脑子里想着一些谁也不知道的念头。

假日的时候，父亲想教他练练大字，他很顺从地提起笔，由了父亲的指点，一笔一画地写，没有一点错，却全无塑造的可能。父亲首先失去了信心，孩子便趁机搁下了笔。父亲或者教他读几首诗词，而他也永远弄不懂其中的意思，答非所问。父亲隐隐感觉到，其中似有一些小小的险恶的用心，却又捉不住把柄，只得随他去。在儿子躺着生病，不知想些什么事情的时候，他想的是：这孩子究竟是个什么样的孩子呢？这样的时候，他觉得自己和孩子相隔得很远，他们谁也不了解谁。他默默地想着这些，直到黄昏。这样的黄昏是最最令他哀伤的了，他觉得自己四十多岁的生命都已经枯竭了，已是夕阳西下。

孩子躺在床上，心里却是快乐的，他想：他把他们这些大人全都骗了，他觉得大人们是多么蠢啊！他想他是一个孩子，这其实是很好的掩护。人们都不会注意到他,更不会怀疑他,他尽可以做一切把戏。可是,他得小心点儿,他实在是有点兴奋过头了。他想装一天病就足够他乐的了,明天他就得好好地上学去,继续玩他的做个乖孩子的把戏。想到新的一幕即将开始,他几乎心潮激荡。其实他并不喜欢待在家里,在家里他时时觉着烦闷。似乎家里的天地太小,不足以让他的把戏充分展开。他没有兄弟姐妹,跟父母玩这把戏,他没有太大的兴趣。他觉得天底下再没比他的父母更没劲的人了,他一看见他们就意气消沉,所有的聪敏才智都不见了。

他觉得他们总是扫兴,心里渐渐地起了恨意,有时候他就故意地也要叫他们扫兴。譬如考试,他其实是可以考一个更好的、能使父母尤其使父亲快乐的成绩,可就为了不让他们快乐,他便决定不考得更好。他还喜欢偷偷地将他们的东西藏起来,看着他们着急,并且和他们一起找,找来找去找不着,心里就无比的喜悦。过了很多日子,他们会在完全意想不到的地方重新看见这样东西,当然,还有一些东西是永远不会回来的了。他们从来没有想过,会是他藏起了他们的东西,他们总是互相埋怨,或者埋怨自己,说自己又老又糊涂,他们黯然神伤,灰心丧气。终于有一天,他们竟发现钱少了。

钱的事情,他们相信他们是不会记错的。一分一角的支出都仔细地记录在一个自制的账本上,每一天都要计算支出的总数和余额。钱是放在一个铁盒里,铁盒放在五斗橱第一个抽屉里,抽屉上有锁,钥匙则放在书桌的最后一个抽屉里。在他们确信自己没有拿钱也没有忘了上账之后,他们开始盘查阿康了。阿康先是说他不知道钱的事情,他的表情是那样愕然,使两个大人觉得十分内疚,心想他们不应当去怀疑一个孩子。但束手无策的情形使他们稍稍坚持了一会儿,问道:自你回家以后有谁来过这里?阿康说没有,说过之后就沉默了,自知露出了破绽。此后再怎么问也不作声了,只是以委屈的目光不时看父亲或母亲一眼。无奈之下,便搜查了他的书包,在课本里找到一张压得很平整的完整的一元钱钞票,正是所缺的数字。

这时候,他们感觉到了从未有过的绝望,他们这才明白这个孩子其实是他们两个大人的唯一的希望。而从前他们从来没有意识到过,他们竟将他们的希望忽略了这么长久。如今他们终于注意到了,可是却已经破碎了。他们几乎说不出话来,半天,才问了一句:你要这钱做什么?阿康惭愧似的一笑。然后他们又问了一句莫名其妙的话:为什么拿了钱又不用掉?阿康就更无话可答了。

这天夜里,他们商量了很久:要不要将此事向孩子的学校反映。他们觉得这是一桩大事,不仅不应当瞒着学校,还应当依靠学校。可是事情一旦传开,孩子的处境将会如何?他们反复权衡利弊,一会儿倾向于去,一会儿倾向于不去;或者是他倾向于去,她倾向于不去;或者是倒过来,她倾向于去,他倾向于不去。有几次终于决定了去,可是面对了老师却又说起了关于考试和复习的事情。还有几次说好了不去,却不知不觉绕到了学校,在门口徘徊。他们昼夜忧心忡忡,心里压抑得要命。后来,他们实在抵御不了这种忧虑的折磨,他们觉得他们简直是面临了家破人亡的灾难,而他们从来不知道应该做什么,也不知道应该不做什么,他们一无所能,一无作为,他们只有去学校了。

后来,他们从来也没有想过,假如不去学校,事情会是怎样发展。或许是他们没有勇气去设想这些,因为他们不愿意背上自责的包袱,永世不得翻身。他们想:这是唯一的做法,是事情发展的唯一道路。他们想:这都是命中注定。他们就是这个命。他们演变成了一个悲观的宿命论者,而他们只能在自己的三层阁上做一个宿命论者,出了阁楼,他们还必须继续扮演一个积极的唯物主义者。

他们在一个星期六的下午,来到老师办公室里。他们战战兢兢地、语无伦次地、吞吞吐吐地,对老师说,他们发现孩子有偷窃行为。以他们贫乏的想象力,无法对孩子这一行为做出别种解释。他们再不会想到,就在他们说出"偷窃"这两个字的时候,孩子几乎是一生的命运便被决定了。

老师听见这个情况时的心情极为复杂,应该说她是相当震惊的,同时她心里很奇怪地还有一种满足。她长期以来对这学生隐约的仇视和怀疑忽然间有了一个例证,这个例证也许和她的感觉并不十分相符,可她却来不及去分析和研究了。在此机会,她向家长反映了她对这学生种种不诚实的考察,使他们更加惶惑不安。

从学校里出来的时候,他们发觉他们的忧虑非但没有减轻,反而加剧了。这一个周末的晚上,他们家中愁云密布。他们没有一个朋友,可以为他们排解。他们无处求援,极其孤独地抵御着这不幸的袭击。这一个三层阁多么像一个孤岛啊!

"阿康偷东西"的消息不胫而走。开始只是几个同学在教室里或走廊上交头接耳,窃窃私语。后来,越传越盛,终于广为人知了。同学们用异样的目光看着阿康,待他迎向那目光时,又匆匆躲过,转移了方向。同学们明显地和阿康疏远了,再没有人同他游戏玩耍。阿康放学后一个人闷闷不乐地回家,脚下踢着一粒石子,心里有一种很奇异的挫败感。他想:所有的人都合伙对付他,使他陷于绝境。那时候,他还不懂得绝望,只是觉得深刻的无聊。什么都没有意思,读书、生活、老师、父母,没有一桩事情是有意思的。就在这样的时候,他读完了最后一年小学,上了中学。

中学离家较远,坐电车两站路,有时候他走着上学或者下学,有时候他也乘车。有一回乘车的时候,他从身边一个女人敞开着的皮包里拿了一个皮夹。这是他第一次的偷窃,虽然他已背了很久偷窃的名声。他从那开口很大的皮包里捡出这个皮夹,从容而坦然,就好像是在拿自己的皮夹。那女人毫无察觉地下了车,车子又动了,人们表情漠然地看着窗外,摇晃着身体。然后车又停站,他下了车。这时候,他无比清晰地意识到:他偷了一个皮夹。他浑身打起寒战,牙齿轻轻撞击着,手心里出了冷汗。

夜晚,父母都入睡了,他从被窝里爬出来,不敢开灯,凑着窗外路灯的光亮,打开了这个皮夹。皮夹里有八元三角钱、几斤粮票、几尺布票,还有一张月票,照片上是一个梳了一对长辫微笑的姑娘,大约是那女人年轻的时候。他将这张照片看了很久,然后用刀片在她脸上切了一个对角。望了这张破裂的笑脸,他心想:这个女人带了这些钱将要去买什么呢?他胳膊肘支在枕头上,双手托腮,心里非常平静。这些陌生的东西好像把他带去了很远的地方,那里的一切都是不为他所了解的。

他将布票和月票撕了,这个普通的陈旧的皮夹保留了一段时间之后也扔了,如何处理那笔钱,他动了很久的脑筋。那时,他还不懂得怎样花钱。后来,他一个人去老城隍庙玩了一趟,吃了点心,买了一些香烟牌子,在回家的路上,他就把香烟牌子撕了,塞进了废纸箱。总共只花了六毛钱,剩下的,他最终塞进床底下一个旧日的老鼠洞里,用半块砖头堵上了,这才了却了一件心事。

然而,再偷一个钱包的念头却升起在心间,昼夜搅扰着他,使他不得安宁。于是,他又偷了第二个钱包,也是一个女人的钱包。这一个钱包是当时最为女孩们喜爱的那种娃娃钱包,色彩鲜丽的娃娃脸形上,有一对有机玻璃的眼睛一张一合,里边只有一块多钱,钱包却是崭新的。他不敢将这只钱包在身边留得太久,两天之后就扔进了离家很远的一个垃圾箱。钱花得很顺利,都是吃掉的。吃,是最安全又最受惠的方法。以后,他基本都是以这方式处理钱的问题的。当他偷到第五个钱包的时候,被人抓住了。他眉清目秀、温文尔雅的样子使人吃了一惊,以至没有像通常所做的那样打他。人们将他送进了派出所。

派出所的民警问他是什么学校的学生、多少年级、家住哪里、父母工作单位和姓名。他一一做了回答,不敢有半句谎话,他几乎吓破了胆,浑身哆嗦得像一片风中的树叶,脸色发青,然后又浮起红晕。民警便认定他是个初犯,不再与他多话,将他关进一个小间。这派出所坐落在一条新式里弄房子里,他所关进的小间正临了后弄。初夏的日子,窗户开着,有小孩趴着窗上的铁栅栏往里看,"小偷、小偷"地叫他。他蜷缩在角落里,心里恍恍惚惚的,发起了高烧。

他不晓得时间是怎样过去的,天黑的时候,老师和父亲来了,将他从派出所领了出去。大约是晚饭的时间,小孩子们回家了,弄堂里静悄悄的,开满花朵的夹竹桃在风中沙沙地响,灯光柔和地映着家家户户的花布窗帘。他一边走着老师,另一边走着父亲,在两个大人的挟持下走出了弄堂。他昏昏沉沉地想道:这是往什么地方去呢?最后他们站在了马路边一盏路灯底下,他听见老师说:其实在他小学的品德评语里,就记录有他偷窃的行为,可是老师们希望他能痛改前非,所以才不提旧事,给他一个重新做人的机会。可是他却没有珍惜这个机会,叫老师说什么好呢?他还听见父亲对老师说,希望再给他一个机会,并督促他向老师做了保证。父亲哀求的口吻是那么清清楚楚地显现在他模糊的意识里,使他忽然间觉得非常可笑。后来,他得了一个警告的处分。

阿康在很长一段时间里再没有偷窃,这一次经历使他骇怕得很。他有时候会觉得自己是处在严密的监视之下,四周都是看不见的眼睛。可是,偷窃的诱惑却是那样不可抵御,假如他遇到了一个合时合适的机会,哪一个女人漫不经心地将钱包放在最易得手的地方,他竟会痛苦得不能自已,浑身都起了鸡皮疙瘩。男人的钱包通常不会吸引他,而去偷窃一个女人的钱包就好像要去占有一个女人那样,使他心潮澎湃,欲念熊熊。这种强烈的欲望是以生理周期形式循环出现,在那高潮的时候,他简直不敢上街,不敢乘车,避免去一切人多的地方,然而他很难敌过诱惑。而他毕竟有过人的聪敏,在他心情和平的时候,还有冷静的头脑可作出精确的判断。他重新有过几次得手而没有失足,这渐渐滋长了他的自信。那种在极短暂的时间里作出决断的激动和紧张,使他很陶醉,敌过了他所面临的危险。为了寻找或者躲避这种行窃的机会,他离群索居,独自在街上游荡。之后,直到他读完初中,考上一所中等技术专科学校为止,他已成了一名熟练的惯偷。

在他中专二年级的时候,"文化大革命"开始了,他没有兴趣参加运动,过着有时在街上有时在家里的百无聊赖的日子。他没有什么朋友,只有一个外号叫大炮的同学,与他有些来往。那大炮是个贪小便宜又好吃的角色,与阿康来往并不排除从阿康处揩点油水这样的目的,他从不去考虑阿康怎么会有这些油水,但日久天长,在大炮心里便也油然生起对阿康的真诚的感恩之情。阿康所以不反对和大炮往来,仅仅因为挥霍有时需要有个同伴或者观众,同时,大炮对他的巴结也使他寂寞的心得到了安慰。有时候,他自己并不吃什么,只是坐在一边看大炮吃,大炮贪婪的吃相和谄媚的眼色使他心里暖融融的。他还知道大炮老实而忠厚,就算被他看出一点破绽,也绝不会坏事,况且他是什么破绽也看不出来的。

在"文化大革命"第三年的时候,一次清扫流氓阿飞的十二级台风中,阿康终于被拘留了,据说,这次台风将所有在派出所里有记录的人都刮了进来。可是,在拘留所的那些寂寞难耐的日日夜夜里,阿康将事情前后翻来覆去地想了几遍,就觉得有些蹊跷。他想在他多年前的那次小小失足算不上是什么前科,绝不至于被台风刮进。他觉得,有人一直在注意他并告发了他,是谁呢?如是警察、便衣,就不会等至今日,早早就落了网。他又想,能够注意到他的人,一定也是精于此道的。想到这里,他心里不由得一惊,打了个冷战。

有一天,吃午饭的时候,身边有一个人轻轻地对他说:小姑娘,这碗饭好吃不好吃?他转脸一看,见是一个剃平头的男人,高鼻梁,长眉毛,有一口洁白整齐的牙齿。他心里一动,却不露声色,咽下口中的饭,慢慢地回答道:马马虎虎,譬如没有饭吃呢,也就凑合吃吃了。那男人笑了,又说:大家一同吃,就好吃多了。他沉吟了一会儿,说:我一个人吃惯了。停了一会儿,又说:我只吃自己嘴边的一口饭,吃不到人家的。那男人就伸过一只手,与他握了握。这时他心里便有些明白。这一个晚上,他没有睡着,在彻夜明亮的灯光里闭着眼睛,他隐约觉得,这个平头的影子从此将跟随了他,他想这是凶多吉少。他看出这是一个杀人都敢的角色。

他的心怦怦跳着,说不出的害怕。有一刹那,他已经决定从此洗手不干了。这时候,他才觉着悲哀,他想:这世界上还有什么是有意思的呢!以后的几日里,他发现虽然他不认识这里的人,可是这里的有些人却似乎对他不陌生,"小姑娘、小姑娘"地喊他。他心里极度地紧张,表面上却很平和,常常说一些笑话,逗得大家很乐。而在夜晚,他却一个噩梦接着一个噩梦,一身又一身的冷汗湿透了衬衣,然后再焐干。他发疟疾似的一阵冷一阵热,以为自己得了重病。可是天亮以后,他又没事人一样,与人平静地说笑着。

三个月之后,父亲将他接了出去,在家待了不到一个月,就分配去了安徽。离开上海的时候,他的心情几乎是愉快的了。

# 第二部

# 第 一 章

米尼对阿康的父亲说:从今以后,我总归是阿康的人了,请你们不要赶我走。阿康在上海,我在上海;阿康去安徽,我也去安徽;阿康吃官司,我给他送牢饭。阿康的父母就说:你这样一时冲动,将来要吃后悔药的啊!米尼说:不会,我保证不会,你们不要叫我走,真的不要叫我走。阿康的父母心软了,他们看这姑娘对阿康真心实意,就算将来要后悔,现在却死心塌地。说不定有了这姑娘,阿康会变好。

他们想到阿康自小也没有一个亲近的朋友,不由得很心酸,望了米尼泪眼婆娑的一张脸,他们久久没有说话。半天过后,父亲一声长叹,说道:你们等在家里,我去派出所打听打听。米尼就说:我也要去。父亲瞥了她一眼说:人要问你是阿康的什么人,你怎样说?又没有登记过的。米尼沮丧地低下了头。

父亲是下午的时候去的,傍晚才回来。两个女人眼睁睁地望着他,等待他说些什么。他坐在一把破损的藤椅上,情绪显得很颓唐。静了片刻,他才慢慢地开始说话。他说他先到了本地段的派出所,派出所却说并不知道阿康的消息,还反过来问道:这个人不是去安徽了吗?他说是啊,可是春节时回来度假了。派出所同志又问有没有申报临时户口啊?他说没有。派出所同志就说:怎么可以不报临时户口呢？上海这个城市是很复杂的,尤其是像阿康的这种情况——他截住了话头,父亲只得退了出来。

在门口站了一时,定定神,决定去区的公安分局,依然什么也没有打听到。当时,他说他就有点像疯了似的,又跑到邻近的区公安分局。其实心里明明晓得这样瞎找是没有意义的,可是他却控制不住自己了。说到这里,他有些难为情地笑了一下,显得很凄惨,然后他又接着往下说。他问了一个区分局,问不着,就再去另一个区分局。他就好像乘公共汽车兜风一样,几乎跑遍了上海。假如走在路上时,看见有任何一个派出所,他也都要进去问一问。后来,他终于碰到了一个好人,他脸上流露出感动的神情,再一次说道,这是一个很好的同志——他问阿康父亲:你要找的人户口是在哪个地方。他说在安徽,那人就说:那你到上海市遣送站去问问。于是他就往遣送站去了。这时候,他是饿了渴了都忘记了,一心只想快点找到儿子,可是,他心里其实又并不指望能够找到儿子,他还想道:他这一世做人做得有什么意义呢？

他终于到了遣送站,找到了负责同志。那人打开一大本花名册,哗啦哗啦翻了一阵,说有你要找的人,可是昨天已经遣送回安徽了。他心里陡地一惊,问道:是送回原工作单位,还是别的什么地方？那人说是原地的公安部门。他还说:本来是可以在上海处理的,拘留或者服刑,可是上海公安局里人实在太多,关不下外地人了,就送到我们这里来,我们只好把他们送回去,反正,是乱哄哄的。阿康父亲还想问他,当时是在哪里捉的阿康,是怎么样的情况,有没有打他,可是再一想,人都捉去了,问这些还有什么意思,这人也未必知道,就不再问了。

他疲惫不堪地靠在藤椅上,说他自己都不晓得是怎么回来的,口袋里的钱都作了车钱,还不够,最后两站路是走着回来的。他想买一只糖糕垫垫肚子都没钱买了。母亲就说:马上就吃饭吧,饭已经烧好了,菜也热过一回了。父亲羞愧地一笑,说:现在却又吃不下了。

第二天上午,米尼收到了阿康的信,是他离开上海时写的,信中说,由于不便明说的原因,他马上就要回安徽了,他很想念她,并且很对不起她,希望她能够幸福,忘了他也不要紧的。最后说,后会有期,就结束了。米尼看了这封信,一会儿伤心,一会儿高兴,哭一阵,笑一阵。她拿了信去给阿康父母看,说:你们看,阿康给我写信,却没有给你们写信,说明他已经承认我是他的女人了,所以你们不可以叫我走了。阿康的父母:我们从没有叫你走过,你如愿意在这里,只要你将来不后悔,我们没有意见,只是我们不理解,你到底看中阿康什么地方——他们迟疑了一下,然后接着说——他是个有污点的青年。米尼说:我不管,我不管这些闲事,我反正是阿康的人了。他们觉得这姑娘有些癫狂了,可她对阿康的感情,使他们很感动,就让她留下来,同他们在一起生活。

由于阿康的缘故,米尼对他的父母感到亲切。她想:既然不能和阿康在一起,和阿康的父母在一起也好的。她买菜、烧饭、收拾房间,空下来就给阿康织毛衣。她听人说,只要判下来了,就可以去探监了。可是,什么时候才判呢?现在阿康又关在什么地方呢?她想阿康,有时候想得心痛,实在按捺不住这想念的苦处了,她就跑出门去,在马路上乱走一气。在拥挤的人群里钻来钻去,在首尾相接的车辆间很危险地穿插着。

她直走到筋疲力尽,脚底打起血泡,钻心地疼痛,才觉得平静了一些。她的心情渐渐柔和下来,缓缓地想着阿康,想着他现在正做什么。川流不息的人群从她身前和身后走过,她滋生出一个奇怪的念头,她想:阿康去偷别人皮夹时,究竟是一种什么样的心情呢?这个念头缠绕着她,使她刚刚平息下去的心情又骚动起来。她身上起了一层鸡皮疙瘩,感觉有一种无形的危险正渐渐逼近,她手脚冰凉,在衣袋里紧紧地握成拳,加快了脚步向家跑去。

到家的时候,阿康的父母已经吃过了晚饭,收拾了饭桌,将一张白报纸铺在桌上,研究裁剪的技术。两人很专心地拿了一件旧衣服,在白报纸上比来比去,听她进来,就问她到什么地方去了,以后出去应当打声招呼。她心想:你们怎么也不问我吃过饭了没有?嘴上却并没有说什么,走到菜橱那边,准备盛一碗冷饭开水泡泡吃了。可是一转念,返身拿了一只鸡蛋,开了油锅,炒起了蛋炒饭,心里说:我才不跟你们客气呢!她感觉到背后有两双眼睛在看她,故意手脚很利落的,还切了葱花,菜刀清脆地剁着砧板,当当作响,油锅劈劈啪啪很欢快地爆着,房间里刹那间充满了香味。

她盛了满满一碗,走到他们跟前,在桌边坐下,说道:裁衣服啊?阿康父母本是为了消遣,对裁剪实是一窍不通,让她见了他们的笨拙,便十分窘迫,喃喃道:不过玩玩罢了。米尼就说:这个,我可以教你们的。然后又加了一句:别的就要你们教我了。他们不晓得回答什么才好,将桌上的东西收拾起来,默默地坐着,听她很有滋味地嚼着蛋炒饭。

米尼好不容易将饭咽了下去,回到小房间里,直想哭。她觉得她非常孤独,她甚至开始想家。这时候,她发现她离家已有一个足月了,她想:家里该怎么找她啊。接着又想:这个月的生活费她还没去向阿婆领呢!想到这里,她的眼泪慢慢地回去了,她又镇定下来。她决定回一次家,要了钱,再把她的衣服拿过来。不知不觉中,冬天已经过去,棉袄就要穿不住了。

这一天下午,米尼决定回家了。出门时,阿康的父亲正在对面报栏看报纸,米尼本可以过去同他说一声,可是为了赌气,就谁也没告诉,兀自上了无轨电车。电车越来越驶近她熟悉的那条马路,街上走的行人分明是她不认识的,可却叫她觉得很亲近,她想这是什么道理呢?

到站了,她下了车来,越往自家的弄堂走,脚步越迟疑,走到弄堂口的时候,干脆停了下来。她想不出这一个月里,家中会发生一些什么,因为想不出,就非常害怕回家。她希望这时候弄堂里能走出一个她认识的人,好向他打听打听。可是待到弄堂深处真有人走出的时候,她却赶紧地走开去,躲进一爿日用品商店里。弄堂里走出的人,是住在她家楼下的小芳,她想起了小芳的爸爸。

她转身跑过了一条马路,又跑过了一条马路,找到一个公用电话,给小芳爸爸打了一个传呼电话。等待回电的时候,她心跳得极快,一会儿想:小芳爸爸会不会不在家;一会儿想:小芳爸爸如果在家会不会来回电,要是他不回电怎么办?她心急如焚,站也站不定。她想:怎么这样长的时候还没有回电呢?要不要再继续等下去?她每过一会儿就要伸进头去,看看电话机旁边的钟,那钟就像停了一样。

她再也等不下去了,她觉得不可能有回电了,她还怀疑传呼电话的人根本没有去传呼,这种人往往是很懒的,总是要等积压了一大叠传呼条子,才一家一家去传。想到这里,她就觉得她等了那么长时间都白等了。她离开了公用电话,朝回跑去。她想,她应当跑到他们弄堂所属的那一个传呼电话间去,如果小芳爸爸出来回电,一定是在那里给她打电话。如果电话间里的人根本没有去传,她可就对他不客气了,她认识那人,是个社会青年,瘸子。她还没等跑进传呼电话间,就一眼看见小芳的爸爸。

这电话间是设在一条弄堂口,旁边有一个老虎灶。弄口前是繁华的马路,汽车开来开去,喇叭嗒嗒地叫。小芳爸爸站在电话间窗口外面,一只手指头塞在耳朵里在打电话。他好像刚从床上爬起来,头上戴了顶毛线压发帽,没穿棉袄,只在毛线衣外面套了件棉背心,脚下是一双拖鞋。米尼用手堵住嘴,眼泪流了下来,她想:现在这世界上,小芳的爸爸是她最最亲的人了。

他们两人来到一个合作食堂,要了两碗小馄饨。米尼一直在流泪,说不出话来。她一边哭一边吃着小馄饨,直到一碗馄饨吃完,才渐渐止了眼泪,说出话来。起先,她因为不知道该从哪里开头,说得很乱,常常叫人摸不着头脑,甚至她自己也说不下去了,就停了下来,心里茫茫然一片。可是小芳的爸爸十分耐心地等待着,很风趣地鼓励她,说:讲错也不要紧,可以重讲。她不禁破涕为笑,慢慢地镇定下来,将事情从头至尾叙述了一遍。她既是说给小芳爸爸听,也是说给自己听。这是事到如今,她第一次将事情前后顺序好好地理了一遍,她暗暗吃惊道:难道这真是发生在我身上的吗?这怎么能够叫人相信呢?离开乡村的那一个夜晚竟还这样清晰,三星从头顶上流逝,那一幅情景好像梦境似的,而她现在究竟到了哪里?

两个女人穿着肮脏的白衣服,一胖一瘦,在揭了锅盖的炒面跟前说话,黄煎煎的炒面在午后阳光下发出油腻的亮光。她们说的是什么呢?听起来那样的不可理解。小芳爸爸的面目也渐渐模糊起来,米尼甚至怀疑这个人是否是她认识的。说完之后,她就怔怔地坐在那里,心里充满了迷蒙的感觉。

这时候,小芳爸爸说话了。他说:米尼,咱们还是回家吧。他用了"咱们"这两个字,使米尼受了感动。可是,为什么要回家呢?她问。你这样是很危险的,小芳爸爸说。她笑了起来,说她看不出有什么危险,倒请他讲讲看,怎么是危险了。小芳爸爸没有笑,他板着脸说:你不要继续发神经病了,现在回头还来得及。米尼困惑地说道:小芳爸爸,从来没见你这样严肃过,你是在给我上课啊!说着,她又笑了。小芳爸爸光火了,他拍了一下桌子,说:你现在就跟我回去。我不回去!她高声叫道。门口那两个女人什么也没有听见,继续说着她们的事情,咧开嘴笑着。小芳爸爸紫着脸,要去拉她,她却撒野地用馄饨汤泼他。这时候,她却看见小芳爸爸眼睛里有了闪闪的泪光。她不再闹了,却依然犟着脖子,说:我不回去。

停了一会儿,小芳爸爸努力咽下一口唾沫,只见他瘦长的脖子上那颗核桃艰难地蠕动了一下。然后,他说:米尼,你现在如不跟我回去,以后就再难回去了。他的话里有一种非常沉重而真实的东西,触动了米尼,她软和下来,说道:小芳爸爸我不回去,我真的不回去,回去有什么意思?回去真是一点意思也没有的。小芳爸爸说:米尼,人活一世,本是没什么意思的,只要不遭遇大的灾难,平安度过就是万幸。你这样小的孩子,我对你说这些你大概听不懂,可是你要相信我这把年纪,是可以做得你的父亲还多的。说到"父亲"两个字,两人都涌上了眼泪。

米尼摇着头,泪水莹莹地闪着光芒,她说:小芳爸爸,你的话我真的听不懂,如果没有意思,又何苦非做完一世人生呢?又没有人强迫我们,黄浦江没有盖盖子,我不管别的,我只要阿康,和阿康在一起,开心。开心这一件事,就像是下饭的小菜,人要活着是靠饭,有没有菜其实是无所谓的。小芳爸爸说了这句话竟流出了眼泪。人活一世真是太不开心了!米尼嚷道。阿康不会叫你开心的!小芳爸爸叫道。会的,比你会,比你会得多!米尼叫。

小芳爸爸像一只泄了气的皮球,瘪瘪地坐在凳子上,两只手上全沾满了油腻的馄饨汤:看来我是拉你不回头了,你这样不听大人的话,叫人很难过啊!米尼说:我打电话请你出来,是想让你帮我个忙,和我阿婆说一声,说我结婚了。说到"结婚"两个字,她的脸忽然焕发了一下。她停了停,继续说道:你代我说,或者就以你的名义,你说,阿婆应当说话算话,每月给米尼生活费,她现在还没有工作啊。然后你再把我的四季衣服要出来,说一个时间,我来拿,要是你忙,让小芳或小芬送出来也可以,不过,最好是你自己,你待我就像我自己的爸爸。这是我的地址和传呼电话。

她说话的时候,小芳爸爸一直没有抬头。米尼柔声说:我的话,你听清楚了吗?他还是没有抬头,过了许久,他站起身,两手撑在肮脏的桌面上,向米尼伸出脖子,两眼瞪了她,一字一句地说:我数到三,数到三的时候,你必须跟我回去:一、二——他数完"二",停顿了很长时间,然后慢慢地吐出了"三"。米尼说:我不回去。小芳爸爸立直身子,再没看她一眼,拂袖而去了。

　　过了三天,米尼收到传呼电话,没让回电,只要她下午三点钟,去"红星"合作食堂门口,有人等她。她在合作食堂门口看见了小芳小芬姐妹俩捧了一只旅行袋,东张西望的,见她走来,脸上表情有些怯怯的,好像不认识她了似的。她从她们手里接过旅行袋,还有一个信封,里面有一百元钱,还有一份声明,表示家里从此不再承认有她这个人了,下面有阿婆的图章。她轻蔑地一笑,将纸团了,扔在马路上,与小芳姐妹道了别,转身走了。

　　这一回,连米尼都知道,是再也回不去了。她气昂昂地,头也不回地在人群熙攘的街道上走着。由于意气用事,心里反没有疑虑,甚至觉得前途非常光明,连日来愁苦的心情骤然间烟消云散,清水一池。那天的太阳也很好,明晃晃地照耀着,风吹在脸上,格外的暖和,春天到了。

　　然后,米尼就怀疑自己是不是怀孕了。她将自己的疑心告诉给阿康妈妈,向她请教,这是怎么回事。心里还有一层意思,是向他们证明,她千真万确已是阿康的人了。这件事情使阿康的父母都郑重起来,他们商量了几个晚上,考虑要怎么办。他们对米尼的心情是相当复杂的。米尼对阿康的真情使他们感动,心想:像阿康这样有劣迹的孩子,竟有姑娘爱他,这是多么难得的事情啊!可是,紧接着他们又想:爱阿康这样有劣迹的孩子的姑娘,又能是什么样的姑娘呢?这又使他们对米尼怀有了成见。并且,他们对米尼毫无思想准备,她的所有行为都使他们感到突兀和困惑不解,尤其是阿康的父亲,自从退职的那一日起,他就失去了他的社会生活,在一间三个人的蜗居里,他简直不知道外面的世界竟还有米尼这样的女孩。他发挥他最大限度的想象力,也对米尼作不出判断。幸而他还有一点谦虚和自卑,时常怀疑自己,是不是自己什么地方出了问题。这样便有效地克制了本能上对米尼的排斥,至少保持了中性的态度。

现在,他们只得接受米尼这样一个事实了。夜里,他们背了米尼,讨论着小孩子的事情。第一步是要去医院检查,于是,立即就碰到了问题:他们没有结婚证明。这使他们烦恼了很长时间,他们想道:假如被医院查出是非法同居,这将是多么要命的事情!阿康已有前科,吉凶未卜,弄不好就罪上加罪,而米尼作为一个姑娘,对她就更不好了。这时候,他们共同想起来米尼还是一个未满二十岁的女孩子,前面还有很长的道路,不由得动了恻隐之心。再由于她身体中孕育的生命,与他们有着血肉的联系,因而对米尼产生了温存的心情。

他们近乎绝望,早晨起来脸色黯淡。不料米尼先对他们说,她要到医院检查。他们只得将这问题提出,米尼却说,她和阿康是合法婚姻,不过还没来得及登记罢了。医院若要问起,就说在安徽登了记,结婚证没带,谁又会天天带着结婚证,又不是汽车月票。她这一番话说得他们目瞪口呆,他们不相信事情会是这样简单,可又说不出复杂在什么地方,就只得由米尼去了。

米尼去了一上午,阿康爸爸伏在窗口,望眼欲穿地望了一上午,各种各样糟糕的情景轮番在他脑海里上演着。他心里恍恍惚惚的,做梦似的,什么都变得有些认不出了。他想他这大半生的日子,循规蹈矩,从不越雷池半步,如今全叫儿子和这女孩弄乱了。他惴惴不安,随时都觉得有什么祸事要发生了。时间一点一点过去,米尼没有回来,他无心做任何事情,他想:米尼一定出事了,这是多么丢丑的事啊!他想到这个就害怕和羞惭得发抖,他们已经出了一桩事,眼看着又要出第二桩,这真正是家门不幸,他前一世作了什么孽呢?他简直要捶胸顿足,可是不敢。他只是怆怆然的,觉得非常哀伤。

中午的时候,米尼的身影从对面街角慢慢地出现了,手里拎了一只网兜。她走在正午的太阳底下,脸上和身上的光影十分明亮,有一刹那,他甚至有一些感动,他想:一个女孩朝他们家走来了。他离开窗户,来到楼梯口,推开门,等待她上来。他觉得等了很长时间,不知她为什么要走得那么慢。米尼终于在黑暗的楼梯上出现了,他急切地问她怎么去了这样长时间。米尼说从医院出来她又去菜场逛了一圈,菜场里照例是没什么东西。后来她遇见一个乡下人,站在马路边,笑嘻嘻的,她站住了脚,乡下人就问她要不要甲鱼,她说要。乡下人将她引进一条弄堂,敲开一扇后门,门里有一个显然是做保姆的女人,从天井里拖出一个蒲包,里面有几只甲鱼,她挑了其中最好的一只。

阿康父亲忍不住打断了她,问医院里到底说了什么没有。米尼说医生检查和化验证明确实是有喜了,所以她就要买甲鱼来吃,补补身体。现在,她吃什么,都不单是为自己一个身体,而是为两个身体,另一个身体就是阿康的孩子。阿康父亲又问医院里还说什么没有,米尼说还让她定期到医院去做检查。他就觉得很奇怪,医院的这一关竟这样容易过了,反有些叫人不放心的地方。

阿康母亲下班回来,听到结果,也很高兴,就要帮忙动手烧晚饭。看见了水斗下面的甲鱼,还活着,用一根鞋底线系了脚,缓缓地爬过来爬过去,就心情很好地说:这东西怎么敢吃啊!米尼回答说,这是给她补养身体的,她从现在起就要注意身体,这不仅是为她个人,更是为了阿康的儿子,她这样称呼肚子里的小孩。阿康母亲就有些尴尬,可也不好说什么,站在一边,看米尼处理那甲鱼。那甲鱼好像预感到末日的来临,将头缩进壳内,再不伸出。米尼就用一只竹筷逗引它,叫它咬住了筷头,然后拖住筷子将它的头牵引出来,同时手起刀落,这甲鱼来不及将这悲惨的经验传达给下一代,一颗小头滚落了下来。阿康母亲不忍再看,转过了眼睛。

晚上,饭桌上那一碗清炖甲鱼使得气氛很窘,米尼硬给两个大人各搛了一块,就独自吃了起来。阿康的父母囫囵吞枣地吃下那块甲鱼肉,不记得是什么滋味,然后就匆匆地扒饭。米尼心里说:你们可以代我吃肉,却代不了我生孩子啊!她对生孩子这一桩事感到新奇而又骄傲,一旦想到这是阿康的孩子,心里就又温存又酸楚,几次眼泪涌上眼眶又忍了下去。她细心而又伤感地吮着甲鱼细嫩的骨头,把汤喝得一干二净。这时候,她感到很踏实也很平静,她心里只有一个念头了,那就是她要给阿康生儿子了。

阿康的父母提醒自己,阿康将要有一个孩子了,而他们毕竟对这消息感到隔膜。他们觉得,阿康的孩子孕育在一个使他们感到陌生的女人身上,就像是冒牌的一样。这个女人在他们独守了三十年的三层阁楼上昼夜地活动着,使他们有一种受了侵犯的心情。他们有时会想:这个女人是谁呢?她究竟要在这里住多久呢?他们晓得他们是应当为即将来临的孙子高兴的,这是一桩喜事。于是他们就努力提高了兴致,继续讨论孩子出生的问题。他们想到了这孩子的户口,他将随了母亲报一个农村户口,而无论如何,阿康是他们唯一的孩子,在上海总归要有个长久房间。难道他们就像现在这样住隔壁的小房间吗？难道他们永远就要在一起生活吗？想到这里,他们心情都有些黯淡,觉得被侵犯的日子将没有尽头了。在下一个夜晚里,他们想到了调房,把现在的房子一处调两处。这个念头振作了他们的精神,尽管远远不知从何去着手,可是却已看见了希望的曙光。

阿康没有消息。米尼已经将对阿康的想念转移到了腹中的婴儿身上。她把自己的毛衣拆洗了,织成婴儿的衣服。她按期去医院检查身体,腹部日日夜夜地膨胀起来,她轻轻抚摸着腹部,心里说道:阿康,阿康,你怎么到我的肚子里去了？她被这个念头引得笑起来,笑着笑着却流下眼泪。她渐渐穿不下自己的衣服,只能穿了阿康妈妈的长裤和罩衫。阿康妈妈说:这也是她怀阿康时候穿的衣服,两人都笑了起来,笑过之后又哭了,两个女人这时候感到了亲近。可这亲近的感觉转瞬即逝,她们还没擦干眼泪,彼此又淡漠下来。

米尼挺着大肚子,神色庄严地在房间里缓缓行动,她连说话都放慢了速度并放低了声音,好像怕惊扰肚子里婴儿的熟睡。于是家中不由得就弥漫了一股郑重的气氛,似乎每一个行为都不再是轻率的,而将是决定命运的。阿康的父母时时觉得受了拘束,本来就是小心翼翼的性格,现在简直无所适从。

这一天,阿康父亲失手将饭锅摔了,饭锅砸了地上的坛子,发出"乒零乓啷"一串巨响。米尼受了惊吓,变了脸色。她双手捧着肚子,说道:魂都要叫你吓出来啦！阿康父亲因为闯了祸,一心羞愧,恨不得有个地洞好一头钻进去。阿康的母亲却说:你放心好了,这么点声音,吓不了你的。米尼说:吓了我不要紧,吓了小孩可不得了,这也是你们自己的孙子啊！阿康的母亲就说:

孩子并不是那么轻易就可吓掉的,我也不是没有怀过孩子,临生产还挤公共汽车上班呢,阿康不是好好的?米尼冷笑道:好什么好,不过是个坐班房的角色!阿康母亲动了火,立即反唇相讥,说:即便是坐班房的角色,也不乏女人穷追不舍。米尼也不饶人,两人一句去一句来,无论阿康的父亲如何劝解也劝解不开。直到双方都吵累了,又因势均力敌,分别都有胜利的感觉,并想到,由此开了头,往后还可继续吵下去的,就不劝自休,各自退了场。

米尼是吵惯嘴的,虽动了真气,却很善调节,不一会儿就平息了。而阿康母亲却是有生以来头一回跟人吵嘴,她又兴奋又激动,苍白了脸,眼睛灼灼发亮,很久不能平静。她想她受这个小女人的欺负已有很长的日子了。很长的日子以来,她竟都忍了下去,她再也无法解释她的好脾气了。她想,抵抗的日子来到了。她向来为人师表,很注重表现,事事又很忍让。这一回,她却在和米尼的吵嘴中尝到了甜头。她坐在自己的房里,心头涌上了许多道理和措辞,她后悔方才没有将这些都讲出去,那将是很有力的。她兴奋得红了脸,有些坐立不安,立即就想跑过去,再和米尼吵一场。可是,长年来做一个教师的修养终于使她克制住了。

自此,米尼和阿康母亲的争端就开头了。阿康的母亲好像时时在寻找和等待机会,好与米尼吵嘴。即使是上班的时候,想到回家后可与米尼吵嘴,她也会生起一股冲动。只需一点小小的事由,两人就可大大地吵上一场。每一场吵嘴揭幕的时候,阿康的母亲就热烈地想:要将她置于无法招架之地。可是收场以后,却总是留下遗憾,使她懊恼不已,于是盼望着下一次较量。

之前,她都要进行备课一般的准备,之后则是反省。她向来很容忍的性格忽然变得狭隘而进逼,怒气冲天。她无意中将她多年来的不如意和不快活全都归咎于了米尼,觉得她是罪魁祸首,她甚至怀恨米尼体内的婴儿,认为正是这婴儿,才固定了米尼和阿康的关系,使之不可扭转。

米尼曾经有过退让的念头,可她很快发现,她是无路可退。当她回避阿康母亲的挑衅时,阿康母亲反会更加狂怒更加饶不过她。如果凭了米尼以往的洞察和幽默,她是可以像看戏一样轻松得意地欣赏这女人的表演,在必要的时候则做一些挑动,使她更为失态。同时,也会因同情心的驱使,领悟到这女人的不幸,而原谅了她。然而此时的米尼,由于妊娠的反应,由于对阿康不可抑制的想念,更由于身处孤独无助的环境,她也无法不失态了。她被这女人气得发疯,她直想杀了这女人,为自己报仇。她想:她明明知道我将要生育阿康的儿子,却还要来气我。她还想起没有这女人在时,她和阿康两人相守的短暂的日子是多么快乐无边。她认定她和阿康的快乐日子全是这女人一手破坏的,如今她是多么孤独啊!她不由得怒火中烧,什么样刻毒的语言都从嘴里吐了出来。她的言辞极其下流,令阿康父母不及掩耳。这时候,阿康的母亲便不得不趋于下风,因她毕竟受过教育,又毕竟年长,在无耻这门功课上面是远不及自小在下层市民中成长,又在农村滚爬了两年的米尼。并且,她的智能与口才也大大不及米尼,到了后来,米尼的优势就越来越显著而不可动摇了。

阿康的母亲开始动别的脑筋了。她每天只给极少的一点菜金,让阿康的父亲去安排一日三餐。自从阿康父亲退职以后,一直是由她掌握家庭财政大权。过去,她只抓大原则,细节很少过问,都由阿康父亲操持。如今却不同了,她每天晚上都要记账,亲自安排第二日的开销。饭桌上一连几天只有雪里蕻炒肉丝,且肉丝少得可怜。别的米尼都好开口,唯有经济这一点上,米尼自觉理亏。她想自己本是个吃闲饭的,给你吃就算不错了,再没有资格争肥拣瘦。

这些日子,阿康母亲倒熄了火,心情也好了起来,喜气洋洋的。米尼恨得牙齿都快咬碎了,而她又找不到一点理由和阿康母亲吵嘴。阿康母亲样样都很顺着她来,甚至当她出言不逊的时候,也装聋作哑地含糊了过去。米尼一筹莫展,脾气上来时真想一把火烧了房子,大家死在一起,可是想到阿康,又舍不得了。阿康的音容笑貌常常在夜深时分浮现在她眼前,令她心痛不已。她用手捶着床沿,暗暗叫道:阿康,阿康,你在哪里啊!她渐渐地感到了虚弱,做什么都很懒怠,情绪极其低沉。

这一天,她没有吃午饭,躺在床上,静静地流着泪,绝望地想道:阿康,你再不回来,我就要死了。屋里静静的,窗外明媚的阳光照耀在树叶上。她想,她头一回来这里时,这树上还没有叶子,光秃秃的,现在已经绿荫遮天了,可是,阿康在哪里呢?

她昏昏欲睡,忽听有人轻轻地叩门,然后,门悄悄地开了。她以为阿康来了,睁开了眼睛,却见阿康的父亲站在床前,手里拿了两个煮熟的鸡蛋。她一跃而起,夺过那两个鸡蛋,朝了窗户摔去。阿康父亲惊得说不出话来,伸出一只颤抖的手,点了米尼连连地说:你,你!米尼冷笑道:不需要你来做好人,你们都是一票货色,都是狼心狗肺的东西,你听着,你这个老不死的!从今以后,我算是你们的房客,我住一天,就付你们一天的生活费。

阿康出来,就不再是你们的儿子。小孩生出来,也不再是你们的孙子,你们从此断子绝孙。阿康不会认你们的,阿康喜欢我,阿康为了我,什么都肯做的。说到这里,她脸上浮起了梦幻般的骄傲的笑容。她踢开被子,穿上了鞋,鞋带勒住了她浮肿的脚面。阿康的父亲依然指着她,说不出话来。她站起身,轻蔑地拨开他的手,出门下楼了。阿康的父亲追到楼梯口,叫道:你上哪里去?没有人回答他,楼梯里黑洞洞的。转眼间连脚步声也消失了。

这一天,从早上起,阿康的父亲一直在想着:要与米尼说一些话。这些日子,其实唯有他才是清醒的。他晓得这两个女人已经控制不住自己了,他晓得她们控制不住自己的原因在哪里,他觉着是与他有着关联的。当两个女人针锋相对、剑拔弩张的时候,他一直在痛切地回顾他们的生活。他既怜悯女人,又怜悯媳妇,他觉得她们都是那么不幸,他被不幸包围了起来,是比沉醉在战斗中的她们更为痛苦的。两个女人的热战和冷战,他均一目了然,可是他无所作为,他不知他能够做什么。他忧心忡忡,日夜不得安眠。

他想了多日,直到这一日,他决定要和米尼说一些话。他在心里打了无数遍的腹稿,他想只要开头开得好,他是可以和她谈到深处的。他要告诉她,阿康的母亲不是一个坏人,只是长期的不快乐使她变态了,而这不快乐全是他造成的,由于年轻时一桩小小的疏忽。他也有和她与阿康一样年轻的日子,希望她能原谅。他还要告诉她许多关于阿康小时候的故事,以及他们这个家庭的故事。他觉得她是可以理解的,如果她理解了,也许一切都将好转。他怀了惴惴不安而又热切的希望煮了两个鸡蛋,这两个鸡蛋是他用少得可怜的一点私房钱买来的。可是,他准备了多日的一幕情景却毁在旦夕之间,他连想都来不及想一想,一切全结束了。

米尼走在街上,流着眼泪,她的心很痛,阿康父亲谦恭的神情这时全出现在眼前。她不明白她方才做了什么。她的心其实是很需要安慰的,已等了很久。这老头,这老头啊!她哭着在心里想:为什么他们不能成为真正的女儿和父亲,就像她和小芳爸爸那样的?有没有这种可能呢?可是她将这可能全破坏了。

她哭了很久,渐渐好了,心里非常平静,开始回想她刚才冲动之下发表的宣言,不由得发起愁来,她用什么去交生活费呢?她的积蓄加上阿婆最后给的一百元钱,已陆续用了不少,今后再不会有进账了,而她说出口的话是绝不打算收回的。想到这一点,她不由得昂起头来,她是不会屈服的。

这天,在商店里,有许多人争着买线绨的被面,几乎将柜台挤碎。她从一个女人的两用衫的斜插袋里拿了一只皮夹,她没想到这一切是那么平常和简单,没有一点惊心动魄的意味,她连心跳都没有加速。她拿了皮夹后,还在柜台前逗留了一会儿,才慢慢地走开。

她回到家里的时候,收到了阿康从安徽皖南的一个劳改农场寄来的信,说他因偷窃判了三年劳教,希望米尼看在旧情的分儿上,能够来探望他。

# 第 二 章

三年里,米尼的希望从未泯灭过。只要阿康在,无论是天涯海角,她就什么也不怕了。她和阿康的父母分开吃饭,她吃她的,他们吃他们的,每月的房租水电,他们没有叫她付,算是贴给阿康儿子的生活费。米尼也不客气,心下还觉得他们贴得太少了。他们从来不去过问米尼的生活来源,心里曾经疑惑过,可是想到米尼在香港还有父母,在米尼的口气中,那一对父母还显得相当阔绰,也就心安理得了。

只有米尼自己知道她的钱从什么地方来。她是要比阿康机敏得多,也镇定得多,她从不重复在一个地方做"活",太过冒险的"活"她绝不做,她总是耐心地等待最良好的时机。假如说阿康做"活"往往是出于心理的需要,米尼可就现实得多了。然而,在她做这种"活"的时候,会有一种奇异的感动的心情,就好像是和阿康在了一起。因此,也会有那么一些时候,她是为了捕捉这种感觉而去做活的,那往往是当她因想念阿康极端苦闷的日子里。而即使是这样的不能自律的情况之下,她依然不会贸然行事。

阿康在这行为中最陶醉的是冒险的意味,于米尼则是从容不迫的机智。我们这世界上有多少粗心大意的人啊!他们往往吃了亏也不知道亡羊补牢。他们认为,以概率来计算,一个人一生中绝不会被窃两次以上,他们便因为已经被窃了一次反更放松了警惕,以为他们倒霉过了,下回就该轮到别人了。而窃贼们也几乎是个个糊涂,其实,窃贼们本是次次都能得手,只需小心谨慎,不要操之过急。可是,事与愿违,所有的窃贼都缺乏小心谨慎的精神。他们没有良好的自制力,情绪往往失控,都患有程度不同的神经质和歇斯底里。他们有些像中了毒瘾似的,一旦念头上来,便无法克制,否则就惶惶不可终日,犹如丧家之犬一般。倘若他们有一次看见了一个钱包而没有得手,就好像自己丢了一个钱包那样懊恼和丧气,痛心万分。

他们的父母、老师、兄姐,以及教养院和监狱里的管教队长无数次地告诫他们:偷窃是不劳而获、侵犯他人的可鄙的行径,是黑暗的生活,是寡无廉耻的人生。他们无数次地被感化,流下悔恨的泪水,发誓要自新。可是他们中间几乎没有一个能够遵守自己的诺言。他们似乎管辖不了他们的行为,他们的行为是在意识之外。他们大多都是善良的人,几乎每个人都有同情被窃者的经历,见到他们失窃之后呼天抢地几不欲生的样子,便佯装拾到了钱包而送还给失主,演了一出拾金不昧的小剧,而转眼之间,他们又创造了另一个偷窃的奇迹。他们能从人最隐秘的口袋里掏出珍藏的钱财,这样的时候,他们就很骄傲。他们这些人大多有着愚蠢的好胜心,为一些极无聊的缘故就可骄傲或者自卑。他们有时候仅仅是为了显摆自己的本领,而去无谓地冒险。这样的虚荣心一旦抬头,他们就失去了判断力,在最不恰当的时间地点动手,结果失足。

他们悔恨不已,痛骂自己,拘禁或服刑的日子苦不堪言,浑身充满了莫名的冲动。他们像困兽一般东冲西撞,打人或者被人打。慢慢地他们又平静下来,在小小的监房里发挥他们的伎俩,将邻人可怜的积蓄和食物窃为己有,在此,才又重新领略了人生的滋味。待到终于熬出了日子,他们则成了十足的英雄。监禁的历史成为他们重要的业绩和履历,在他们的兄弟道里,地位显著地上升。他们为了补偿狱中荒废的时光,就变本加厉,从早到晚,一直在街上游荡,伺机行事,生疏了的手艺渐渐恢复,生命力在他们体内活跃起来,得手的那一刻简直陶醉人心。然后他们成群结伙到饭馆和酒店去挥霍,所有他们不曾尝过的滋味他们都要试一试。这样的日子是多么快乐,他们一个个手舞足蹈,忘乎所以,将那监房里的凄苦抛之脑后,注定了他们下一次的失足。

而米尼是例外的一个,她从不被那些虚妄的情绪所支配,她永远怀着她实际的目的。她的头脑始终很清醒,即使在胜利的时刻,也不让喜悦冲昏头脑。她不肯冒一点险,可是从不放过机会。她具有非凡的判断力,能在极短的时间里判明情况,作出决定。她不会为一些假象所迷惑,常常在最安全的情况中看见了最危险的因素,最有利的时机里看见了不利的因素。而她还具有超群拔萃的想象力,极善创造戏剧性的效果。又由于天性中的幽默趣味,像一个讽刺大师,怀了讥嘲的态度去进行她的偷窃。譬如她偷了邻人一条毛料西装裤,堂而皇之地带了阿康家的户口簿去信托商店寄售,售出的通知书正是那位失窃的邻人交给米尼,米尼说好好的一条裤子,若不是无奈,她是决不舍得卖掉的,那邻人便也很感慨,回忆着他也曾有过的同样一条裤子。她还偷过商店里挥旗值勤的纠察口袋里的零钱,虽然不多,却让她好好地乐了一阵。

由于她渐渐地精于此道,便也发现了与她做同样事情的人,令她惊异的是,做这样事情的人原来很多,也很平凡,就在我们身边,她的眼睛注意到了另一个世界。他们的行为被她尽收眼底,而她却决不在他们面前露馅。她深晓如若与他们合伙,就会带来危险。并没有人教她这些,她只是凭自己健全的头脑准确地推想了这些。她听说过那些黑帮内幕里的被强烈渲染的故事,她决不能加入进去。从此,她的警戒就多了一层,她的困难也多了一层,可这使她兴致勃勃,精力旺盛。

她有着奇异的运气,从来不曾失手。曾有几回,她也遇到紧急的情况,她心想:这一回是完了,然而最终却化险为夷,安然度过。她想这大约是阿康在护卫她。阿康在代她吃官司呢!她温暖地想道。她温情融融地买来麦乳精、饼干,用核桃肉、黑芝麻做好炒麦粉,缝成邮包,给阿康寄去。

阿康来信,满纸辛酸地请求她等他,说如果她不再等他,他就活不了了。他说他在那里的日日夜夜,一直在想她,不想她的话,这些日日夜夜就没法过去了。米尼回信道,他怎么会有这样奇异的念头:她不等他了?她如不等他她还能做什么呢?这些同样多的日日夜夜,如不是等他,她又将怎么打发呢?除了写信,她还加倍以行动表白。她向左邻右舍借来日用卡购买白糖,买来猪油熬炼,装在广口瓶里,钉成木箱,邮寄过去。她为阿康寄邮包花再多的钱也在所不惜。

这是米尼和阿康最最情真意切的日子,他们两人远隔万水千山,相依为命。他们谁也缺不了谁,互相都是对方的性命,除去离别的苦楚,他们几乎感到了幸福。只要那边寄来探亲的条子,无论酷暑还是严寒,米尼从不放弃。她带了大包小包,背了儿子,乘坐八个小时的长途汽车,再乘两小时的手扶拖拉机。汽车到达总是天近黄昏的时刻,开拖拉机的农民便趁机大敲竹杠。用拖拉机载犯人家属去农场,或从农场载犯人家属去车站,是这一带农民的副业。最初是义务的,凭了默契收一些香烟、肥皂、白糖,后来渐渐就开始收钱,并且有了规定的价目。

她终于到达了地方,坐在招待所里,等待着阿康下工回来。这时候的等待是最焦虑不安的了,她不由得心动过速,生出许多不祥的预感。她想:阿康会不会突然犯了纪律,被取消接见?她还想,阿康会不会突然得了重病?她六神无主,失魂落魄。孩子很安静地坐在床上吃东西,他只要有的吃,就很安静,一边吃,一边动着脑筋,很快就会创造出一幕恶作剧。这时候,她无法相信,她还能看见阿康:阿康你是什么样子的,我怎么一点也想不起来了?

他们可以有两个销魂的夜晚,他们彻夜不能安眠。孩子靠墙睡着,连日的奔波使他睡得很熟,完全不知身边发生了什么。他们哭着,笑着,极尽温柔缠绵,一夜胜过一百年。他们回顾着往昔的岁月,又憧憬着未来的情景,独独不谈眼下的日子,眼下的日子多么愁苦,他们两人全是不喜欢愁苦的人。他们视愁苦为罪恶,认为人生里最最没有意义的事情就是愁苦。他们不得已地熬着愁苦的日子,全为了未来的快乐的日子。偶尔米尼要问及阿康在这里怎么样,阿康就说:我很好,不像有些人。有些人怎么样?米尼问。吃官司也不会吃的。阿康说。要是阿康问米尼现在怎么样,米尼就说:自力更生,丰衣足食。阿康要再问及他的父母,米尼则说:他们是有贡献的,那就是生出了阿康你,现在他们正在吃老本。然后他们就不再细问,一径沉默在转瞬即逝的快乐之中。

久别重逢的感伤情绪过去之后,他们立即又恢复了原先的调侃的本领。他们将自己拿来充当嘲讽的材料,以他们可悲的处境为题目创造出许多笑料。这是他们苦中作乐的凡人不及的本领,笑话从他们口中源源而出,永不枯竭。他们觉得在这劳教大队招待所的硬木床上做爱是非常难得的事情,幻想将来成为伟人的时候,这里将辟为参观胜地。如他们成不了伟人的话,他们的儿子应当继承他们的事业,这一个儿子不行的话,就让下一个儿子继承,他们家中总该有一个伟人,否则不是很不公平?他们这样乱七八糟地说着,乐不可支,他们感动地想道:没有男人或者女人的日子是多么黯淡。他们忽又变得情意绵绵,絮絮地说着情话,眼泪潺潺地流淌。

这时,第一线曙光照进了窗户。孩子已经醒了,睁着双眼,他不知道父母在哭闹些什么,想着他自己的事情。忽然他咧嘴一笑,流露出一股险恶的表情。晨光最先照亮他的脸,其次才照耀他的父母。他的父母在黎明的时刻才匆匆瞌睡片刻,他们脸上流露着病态的潮红,潮红下是一片青白,他们汗津津的,头发很蓬乱。分别的时刻马上就要到了。

归途是那样漫长而枯寂,这是最最万念俱灰的时刻。拖拉机在丘陵地带的土路上颠簸,隆隆的机声淹没了一切。孤零零的柏树立在起伏的田野上,凛冽或者酷热的风扑面而来,不一会儿,她就尘土满面,衣衫不整。漫漫的等待从此又开了头。她是多么孤苦啊!

在这孤苦的日子里,只有一个人时常来看望她,那就是阿康的同学大炮。

大炮因为生了肝炎,又从急性转成了慢性,于是就没有分配,在家里待业。他的父母都是普通职员,有一个姐姐早已出嫁,经济条件尚可,至少是吃穿不愁吧。他每日里没有什么事情可做,无非是睡觉,或者从一架半导体收音机里听听广播和歌曲。到了星期天,父亲不上班的日子,他就骑了父亲的自行车,四处串门。同学们都不在上海,他常常串了一上午,也没遇到个同学,他非常失望地回了家来。可到了下个星期日,他又怀了新生的希望,骑着自行车,去串门了。他想:也许会有一个同学回来,休病假或者探亲。

有一天,他来到阿康家,站在窗下的马路上一声一声叫着,就好像读书的时光来邀阿康一同上学去。米尼听了这叫声就伸出头去,看见楼下站了一个白白胖胖的男生,穿一件白色短袖的确良衬衫,扶了一架自行车,正仰了头往上看,就问:找阿康有什么事?那人说:阿康不在家吗?米尼说:是啊,阿康不在家。那人仰着头,张着嘴,说不出话来了。米尼心想:这人多么呆啊!可是她又想到:这么多日子过去了,有谁来到这里喊过一声阿康呢?心里就有一点感动,对那人说:你可以上来坐坐。就将后门钥匙丢给了他,那人手忙脚乱地去接,却把钥匙碰飞了,然后就左右转动着身子找那钥匙的落点,米尼不由得笑了起来。

过了一会儿,楼梯上就响起了磕磕碰碰的脚步声,接着,就是怯生生的敲门声。米尼把他迎进自己的小房间,对他说:我是阿康的女人。他吃了一惊道:原来阿康结婚了,我一点也不知道啊!米尼笑笑说:阿康的意思,我们两人都在外地,我又是插队的,没什么经济能力,所以就没有怎么办。对上海讲呢,是在外地办了,对外地则讲是在上海办了。那人就恍然大悟道:原来是这样!又去看米尼抱在手里的小孩,说这难道就是阿康的小孩?米尼就让小孩喊他叔叔。他很激动地涨红了脸,说这个小孩怎么和阿康一模一样的。他很爱怜地接过那孩子,孩子伸手就抽了他一个嘴巴,他惊喜地说:他是多么聪明啊,简直和阿康一模一样。

米尼问他叫什么名字,他说了自己的名字,又补充道:阿康他们都叫我大炮。米尼想:好像隐隐听到过这样的名字,就说:啊,听阿康说起过的。阿康说起过我!大炮的眼睛竟然湿润了。米尼又好笑又感动地想:这是个老实人。如今的世道,有几个老实人啊!不由得,也有点鼻酸,转身去给大炮斟茶。

大炮抱了孩子跟在她身后,问阿康是几时走的,又几时能回来。那孩子在他怀里挺胸折腰地不让他好好地抱,他紧张而虔诚地托着孩子,额上沁出了黄豆大的汗珠。米尼本不想与他说的,不知怎么就说了出来,她说:大炮你以为阿康是去了哪里?阿康吃官司啦!大炮你不知道。说罢,她的眼泪就流了下来。大炮惊得几乎将孩子失手掉了下来。

米尼又慢慢地说:阿康如今在安徽的农场劳改,再过两年才可出来!我别的不担心,就是担心他的身体。他从来没吃过什么苦的,不像我,还插队了几年。他在农场是做大田的,他们里面分大田组、建工组,什么什么的。做大田就是种稻,他这一辈子只吃过稻可是从来没有种过稻啊!我也没有种过稻,我插队那地方只种小麦和山芋,没有水田,可是阿康竟要下水田了——米尼在房间里走来走去的,一边收拾着孩子的尿布奶瓶,一边说着——阿康是个读书人的坯子,向来很斯文的,和那些流氓土匪关在一起,我最最怕的是他被人欺。他是打打不动,骂骂不来,而且,自尊心又很强,在家谁也不能说他句重的。在那里,孙子、灰孙子、灰孙子的灰孙子都可以训他!

米尼说到这里,几乎号啕起来:我的命好苦啊!大炮,你不知道,我们结婚的第七天,阿康就走了,一去就不回了,没有一点消息。后来来了消息,让我去看他,我挺着大肚子,拎了东西,去看他。他看到就说,好了,看到你了,我就死心了。现在,就是死也不怕了。我就要他看我的肚子,说,阿康,你不可以死了,以前你可以死,现在却不可以死了,因为你要做爸爸了!

米尼泣不成声,大炮呜咽着叫她不要讲了,她却还要讲,并且要往伤心处讲,甚至有意无意地虚构了一些细节,而使自己悲恸不已。然后,她才觉得心里舒畅了许多,多日来郁结在心里的东西这会儿好像慢慢溶解了。她长长地吐了一口气,从大炮手里接过孩子。这时,她看见了大炮眼里的泪光,心里不由得一动,想这人倒真是个好人,她想她身边现在已没有一个好人了,眼泪就又落了下来。

大炮垂了头坐在床沿上,停了很长时间说道:阿康待我向来很好,我们总是在一起,有时,他还请我吃点心,虽是偶然的,但这种偶然却也是经常的,阿康待人是最好的了,我们两人就像是兄弟似的,你要不相信,可以去学校问嘛!他忽然激昂起来,抬起了头对着米尼说道。米尼就说:我没有不相信。大炮又继续说:现在,阿康吃官司,我不能代替他,但是,我可以代替阿康去尽他应尽的责任。今后,你如有什么事情要我做,尽管开口,一定不要客气。

这时候,在大炮自卑了很久的胸怀里,油然升起了一股骄傲的心情,当他离开了这一间三层阁,走下狭窄的黑暗的楼梯,来到正午阳光明媚的马路上,骑上他的自行车,他感到心潮澎湃。他压抑着激动的心情,沉着而有力地蹬着车子,从梧桐树的浓荫底下驶过,风迎面吹来,将他的衬衫鼓起,好像一面白色的帆。

三天以后,大炮又来了,站在楼下马路上,一声一声地叫着"阿康",手里拿了一包粽子糖。米尼留他吃了饭,吃过饭,他抢着去洗碗,见阿康的父亲自己在吃一碗泡饭,顿时有点尴尬。倒是阿康父亲先开了口,问他现在在什么地方工作,身体怎么样,等等,他才镇定下来。洗过碗,又对阿康父亲说,今后如有什么需要他做的,尽管说,阿康的事情就是他的事情。说了这话,他脸已不红了,端了一摞碗正视着同学的父亲。这时候,米尼已将孩子哄睡了,两人就在屋里小声地说话。

他们有一个共同的话题,就是阿康。他告诉米尼,与阿康同学时的情景,顺便也说了一些自己的事情给她听。米尼告诉他,她与阿康是怎么认识的,叙述的过程也是回味的过程,使她沉浸在幸福的往事之中。他们说着这些的时候,阿康就好像又回到了他们身边,但却是另一个阿康了。大炮因他的愚钝,再加上他的一颗好心,对阿康的描述与现实的距离颇远,甚至已经不是阿康,而是他自己了。米尼则以丰富的想象力,进行浪漫主义的发挥,重新塑造了一个阿康。他们同心协力、配合默契地创造了一个更合乎他们心意的阿康,两人心里都洋溢着温暖的激情,饱含了热泪,在心里呼唤着:阿康,阿康,你快回来吧!

大炮每隔三天或者四天,至多五天,就来阿康家里一次。有时候送几斤粮票,有时候留几块钱,这些钱他是从父母给他的零用钱里省下的,更多的时候,他是带一包粽子糖来,这是父母买了给他治疗肝炎的。看了阿康的儿子用手抓了糖,塞进嘴里,又吐在地上,用小脚去践踏,他没有一点惋惜之心,还很满意和高兴,觉得自己到底为这母子做了些什么。这使他的人生有了责任,因而也有了目的。他只恨自己没有工作,否则他便可奉献得更多了。而他看见,即使没有他的贡献,米尼母子却也丰衣足食,心里反十分地羞愧。在他迟钝的头脑里,也曾有过这样的问题:米尼的收入从何而来?米尼就好像知道他在想什么似的,有一天告诉了他自己的身世,他才知道米尼的父母均在香港,并有着自己的生意。

在这之后,曾有一度,他重又陷入了自卑的苦恼之中。他以为米尼他们母子其实并不需要他的,相反倒是自己需要他们母子。他去看望他们,送那样寒碜的礼物,不是帮助他们,而更像是接受他们的帮助。有整整一个星期的时间他没有好意思上门,他想:我能为他们做什么呢?在家的日子苦闷无比,一日倒像一百年。在没有人在家的时候,他就像一头困兽一样在屋里走来走去,因为地方拥挤,膝盖便在家具上撞出了淤血的乌青。

到了第八天的早晨,他坚持不住了,怀了一股服输的沮丧的心情,找来一个小瓶,倒了有大约二两的豆油,提在手里,到阿康家去了。他想:豆油是凭票供应的,再多钱也买不来。米尼一家三口都没有上海户口,豆油的问题便是很紧要的了,这使他稍稍增添了勇气。

他走到阿康家楼下,却见米尼正好出来,见了他就说:你来得正好,我出去办点事,孩子在床上睡觉,你去看着他吧,说着就把钥匙交给了他。听了这话,他满心地欢喜,开了后门赶紧上楼,那一条黑暗的楼梯已被他走熟了,就好像自己家的楼梯。孩子在床上睡觉,像大人一样侧着身子。他轻轻将豆油瓶放在桌上,极力不发出一点声音,多日来的苦闷烟消云散,他对自己说:今天是来对了。

就在他敛神屏息地在床沿坐下的一刹那,孩子醒了。他翻过身来,望着大炮。他的眼睛很大,圆圆的,围着疏淡而柔软的睫毛。他很沉静地看着大炮,不哭也不闹。这眼光有一种很古怪的神情,使得大炮很窘。他勇敢地微笑着迎向他,学了儿童咿呀的语气,对他说话。他没有回答,依然那样看着他,看了一会儿,忽然朝他翻了个白眼,掉过了头去。大炮感觉到这孩子对他的蔑视,一时羞愧难言,背上微微出着汗,盼着米尼快回来。

孩子将扁扁的后脑勺对了他,沿了耳后,黄黄的头发像一排鸟羽似的整齐而柔嫩地卷曲着。大炮转过头来,望着对面的墙壁。房间里没有一点声息,很寂静。这时,他慢慢地感觉到屁股底下有一片湿热袭来,他很茫然地往自己的两腿间看了看,不明白发生了什么事情。接着,他才看见,在那孩子的身下,有一股细流一直延伸到他身下,他慌忙站起,又将孩子抱了起来。他四下看看,然后把孩子放在桌上,再去收拾席子上的水洼。

孩子很危险地坐在桌上,身后就是打开的沿街的窗户。孩子慢慢地转过身子,趴在窗台上,往下看着。大炮收拾完床,再回过头来,见那孩子半个身子扎在窗外,脑子里轰然一声,几乎晕倒。他冲过去想抓住孩子,不料自己绊了自己的脚,扑倒在桌面上。那孩子晃了晃身子,眼看着就要掉下去,却神奇地没有掉下去。

这时候,米尼回来了。就在米尼进门的那一瞬间里,孩子放声大哭,眼泪流了满面,脑门上涨出了血点般的痱子。看了这情景,米尼大惊失色,叫道:这是怎么搞的!孩子一头扎进她的怀里,恸哭不已。米尼抱紧了儿子,身上出了一层冷汗,对着大炮厉声责问:我只去了十分钟,怎么就搞成这样子了?大炮失魂落魄地站在那里,说不出话来,最终低下了头,好像一个服法的罪犯。过后,大炮几次想和米尼解释事情的经过,无奈他笨口拙舌的。米尼不由得笑道:总归不会是小孩欺你大人吧!说得大炮无地自容,自己都看不起自己了。

　　从此,大炮在这孩子面前,就有了一种自惭形秽的心情,做什么事情都缩手缩脚的,唯恐又犯了什么错误。而他总是在最不应该犯错误的时候犯错误,他根本还不知道哪里做错了,他偏偏就在哪里做错了。渐渐地,他对这孩子起了惧怕的心理,为了克服这不正常心理,他就对自己说:他只是一个一岁多不满两岁的小孩子呀!可越这么想,他反越觉着害怕。那孩子像是知道他怕自己似的,就总是捉弄他。他有一种天生的欺软怕硬的品性,专找老实的大炮欺负。他可想出几十种稀奇古怪的办法去折磨大炮,并且觉得有这么一个大人做他的玩具,是一桩非常得意的事情。在大炮不来的日子里,他便会没精打采的,显出百无聊赖的样子。而大炮一出现,他陡然就来了精神,两眼炯炯地发亮。

　　米尼说:你看,查理喜欢你呢!查理是这孩子的名字。有时候,她把查理托付给大炮,自己很放心地去办一件什么事情回来之后,见情况弄得很糟糕,查理则一径地委屈地啼哭,她就会说:查理那样喜欢你,你却这样对待查理。大炮纵然有一百张嘴,也是说不清的。由于大炮从来缺乏自信,他总是真心以为是自己的错,他想他是一个多么糟糕的大人啊,连个孩子都不如。他严厉地责备自己,觉得自己一点是处也没了,而查理却是一点缺点也没有的。因为即使是像大炮这样亲身经历的人,也无法相信,一个孩子能够恶作剧到什么程度。他想:都是他大炮不好。

查理静静地躺在床上,望着这个苦恼的大人,好像是望着他胜利的果实。阳光穿过他疏淡柔软的毛发,将他皮肤照成透明,有极细的蓝色的血液在潺潺地流动,谁也不会知道这个小小的头脑里有一些什么思想。他的妈妈望了他说:多么乖的小孩子,大人是一点也不要为他操心的。他冥冥地十分准确地知道,他离不开他的母亲,母亲是他生存的保证。于是他当了母亲的面,便百般的乖巧,赢得了母亲的欢心。在这掩护下,他肆无忌惮,什么恶都可做得的。

在他极小的灵魂里,似乎天生就埋下了对人的恶意,这恶意在他意识的极深处,跟随他的意识一同醒来。幸好,在很长久的时间里,将没有人去启发他的意识,他将懵懵懂懂、浑浑噩噩地生活很长久的时间。因此,这恶意还无法成为危险,去威胁人类。如今,这恶意只是跟随了本能活动,他本能地攫住了加入他们母子世界的第一个人:大炮,来施行他的恶意。而这大炮偏偏那么软弱好欺,使他一下子就得了手。

他常常好好地没有来由地突然一踢脚,踢在大炮的眼睛里,大炮捂着眼说:查理真有劲啊!他心里就乐得要命,真想再来上那么一脚,可却没有动。重复的游戏使他觉得无聊,他总是挑新鲜的来。慢慢地,他看出这个大人有些躲着他了,假如妈妈要出去办事,让他照料自己,他就抢着去办那出门的事,而将妈妈留在了家里,这使他扫兴。于是他乖了几日,使那人放松了警惕。这时,他无比欣喜地发现,那大人原是很不提防的,很容易就解除了警戒。在他最不提防的时候,他又在暗中下了绊子,看了那大人的失手,他快乐得要命,真不知道,世界上怎么还会有这样的乐子可寻。

有几次,他自己也觉得闹得有点忒不像话了,在那人脸上看出了怒意,望了他悻悻地回去,生怕他下回再不来了,这时候的心情是很黯淡的。可是,两天或者三天过去了,他却来了,还带了粽子糖,殷殷地取了一颗糖递到他嘴边。他简直心花怒放,他再没想到这大人会是那么不计前嫌,甘愿给他小孩作耍。于是,他便将他的恶作剧愈演愈烈,终于到了大炮忍无可忍的时候,事情就到了结局。

若要说起来,这也是大炮自找的苦吃。这天,他弄到一张新上映的阿尔巴尼亚故事片的电影票,他将票子给米尼送来,自己则留下看管那孩子。这也正是在那孩子乖巧的日子里,他才会有这样的信心。他还带来了一团橡皮泥给那孩子捏了四不像的鸡和兔。开始,他们相处得还好,将橡皮泥黏得桌椅床上一处一处的。然后,他又与他讲故事,讲白兔和灰狼或白兔和乌龟的故事,讲着讲着,两人都有些困倦,半合了眼睛,最后,是大炮先那孩子睡着,并且打起了呼噜。

这是一个冬季的星期天的午后,暖洋洋的阳光从玻璃窗外照进来,铺在床上,窗下马路上偶尔有二三辆自行车驶过,钢圈吱啦啦地旋响。而在沉睡的大炮的耳边,忽然响起奇怪的声音,他勉强睁开眼睛,看见了一幅可怕的图景,那孩子坐在他身边,奋力操动了一把大裁衣剪子,对了他铁灰色的确良罩衣的一片衣角,只听嚓嚓的一声,他几乎要晕了过去,那衣角刹那间一片变成两片。他双手将那孩子一提,又重重地摔在了床上。孩子厉声尖叫了起来,如同裂帛一般,将隔壁两个午睡的老人活活地惊起了。

如果是平常日子的下午,隔壁只有阿康的父亲在,也许就大事化小、小事化了地过去了。可偏偏这是个星期天的下午,阿康的母亲也在家。从大炮进门以后,她其实就一直醒着,静听着隔壁的声息。这时,她如同战士听见进攻的号角,从午觉的竹榻上一跃而起,推门进了隔壁的小房间。你要干什么?她说。大炮正俯头绝望地查看剪破的衣角,那孩子在床上翻滚着号哭。你到底要干什么?她朝大炮逼进了一步。

阿康的父亲要去拉她,又不敢,中途将手收回了。大炮抬起头,惶惶地望着她,嘴唇抖着,半天才说出一句:阿康妈妈——却陡然被打断了。你还有脸提阿康啊!她冷笑道。这一句话将大炮说愣了,不晓得这话是什么意思。阿康的父亲则出了一身冷汗,便去拉她,她甩开他的手,指着大炮的鼻尖说道:我早就看出你用心不良!我怎么用心不良了?大炮问道。问你自己吧,你不就是嫌这个孩子妨碍你们了吗?所以你就对他下这个毒手,你早就等待着下手的这一天啦!她连连冷笑着,将她男人拖她的手连连甩开,一步一步将大炮逼在床与桌子间的角落里,气恼和张皇得说不出话来。她觉得她等待了多日的这一个快乐的时刻终于来临了,由于喜悦和激动,微微颤抖着。

自从这一个忠诚的大炮开始探望米尼以来,她就时时地等待着这个爆发的日子。她想:这一个男人为什么这样忠诚地待一个女人?她想:这一个女人凭什么得到一个男人忠诚的对待?后一个问题比前一个问题还要使她着恼。她怀了捉奸一样紧张和期待的心情,要想窥察出这两人之间有什么肮脏的秘密,而她越来失望了。她看出这个男人和这个女人之间其实是很清白的,越是清白,她就越是着恼。她甚至还以她一个教师的教养和理解力发现这男人与这女人之间还有一种可说是美好的动人的东西,这更使她恼得没法说了。因她一辈子只有黑暗,而没有光明,于是她便只能容忍黑暗,而容不得光明了。她看见那男人和那女人和谐、愉快、纯洁地相处,简直是灰心得不得了。这会儿,她是多么高兴啊!

她指着那男人的鼻尖,满心欢喜地说道:你三天两头地往这房间里钻,你当人不晓得你的用心吗?俗话说,若要人不知,除非己莫为!大炮这才终于听懂了她的意思,羞恼得脸红了。在他愚钝而无知的心里,其实是如一张白纸那样纯洁,没有一点肮脏的东西,也想象不到这世上究竟会有多少肮脏的东西。他愤怒地抬起了手,想要指向她,大喝一声:住嘴!不料却被她捉住了手腕,叫道:难道你还打人!孩子已经不哭了,坐在床上静静地观战。他的一出小小的游戏却爆发出这样一场大大的战争,是他始料未及而又惊喜万分的。他想:一个大人是怎么去欺负另一个大人的呢?

米尼回来了,她说:怎么了?你们是怎么了?阿康母亲趁机松开了大炮,转身向她说道:好,你回来了,我还以为你不回来了呢!我想他在这里,你能到哪里去呢?果然,你还是回来了。米尼的出场,使她欣喜若狂,一时竟不知说什么才好。米尼说:你在说什么呢?你的话究竟是什么意思呢?她眼睛里迸发出欢喜的光芒,声音里挟带着锐利的尖啸:你竟会不懂我的意思?你不要太谦虚了,你不是要随这男人去吗?没有男人的日子你是熬不下去了,你就随他去吧!走啊,你怎么不走?米尼陡然变了脸,说道:你说什么?你若敢再说一句,我可不管你是阿康的娘还是别人的娘了!她连连喊叫着,不许米尼再提阿康的名字,说她提了阿康的名字就是玷辱了阿康。米尼说:我就是要提阿康,阿康阿康阿康阿康,你快回来,我再不能受这老太婆的煎熬啦!她煞白了脸也叫道:阿康你为什么不回来,你的女人要跟姘头跑啦!米尼想去撕她的头发,半途又改变了主意,垂下手来,冷笑道:你说我找姘头,我就去找,我要找就得找个像样的,也不会找那样的!她的手朝了墙角处的大炮指了一指。

她这一句本为了气阿康母亲的话,不料却重重地创伤了大炮的心。他几乎不相信自己的耳朵,可米尼的话却如晴天霹雳一般。忠厚的大炮向来将自己看得很低,对谁都很尊敬并且诚实,而在他自谦的深处,却埋藏着非常宝贵而脆弱的自尊心,米尼无意中将他的自尊心伤了。大炮低声嘟囔了一声,推开两个女人,冲出了门去。

从此,大炮再不来了。

# 第 三 章

越近阿康出来的日子,米尼行事越谨慎。她有些疑神疑鬼的,生怕发生不测。她好像不相信事情会那么美满,她等阿康已经等得不敢抱什么希望了。她变得优柔寡断,怀疑自己的判断力,临到下手时,总是动摇,错过了许多机会。光天化日之下,她好好地走在街上,却忽然会噩梦般地耳边响起一个声音——捉住她!她陡然惊出一身冷汗,心里充满了不祥的预感,于是空手而归。当她不得已地再一次走上街头,她心里前所未有地生出了悲哀,她想:除此以外,难道没有别的路可走了吗?

她认真地想了许久,想到有两条路可以试试,一是向阿婆求情,二是向阿康母亲讨饶,而这两条路均是她所不愿意走的。于是,她挺了挺胸,将这些念头甩在脑后,坚决向前走去。当她终于得了手后,她就会有一种侥幸的心情,好像这不是靠她努力取得的,而是老天给的一个幸运的机会。她变得非常宿命,有时出门之前,要用扑克牌通一次五关,一副扑克牌已被她使用得破烂不堪,她将她的希望就托付在这一叠肮脏的纸牌上了。她怀了铤而走险的心情走上街头,对自己说,这是最后的一次了。她尽力压缩开支,将消费降低到最低的限度,她甚至想:有一碗泡饭吃吃便行了,只要阿康能够平安地回来。阿康回来的这一日,越到眼前越是没有希望。等待已成了米尼正常的生活，一旦等待等到了头就好像要有什么厄运来临了。

终于到了阿康解教的前一日，她穿了自己最好的衣服，领了儿子，提着给阿康新买的衣服鞋袜，去农场接阿康了。他们在农场招待所过了一夜，第二天清晨搭了一辆拖拉机离开了场部。拖拉机在尘土飞扬的土路上颠簸，轰隆隆地震耳欲聋。他们三人，还有另一对来探儿子的老夫妇，蹲在烟灰弥漫的车斗里，剧烈地摇晃着身子，很快便疲惫不堪了。他们无法说话，努力平稳着身体。

有孤独的柏树，从他们眼前慢慢地过去。透过烟尘，天空似乎格外的蓝。有几辆自行车从后面驶来，对那开拖拉机的农民大声地说话，却听不见一点声音。自行车驶走了，路边又出现了几个上学的孩子，背着书包。那农民忽然从驾驶座上转过脸来对他们说着什么。他们五个人望着他无声地合动着嘴巴，心里一片茫然，他却笑了一下，又转回了脸去。

阿康坐在米尼对面的车斗挡板下，双手抱着膝盖，脸色灰蒙蒙的。米尼想：这是阿康吗？她反复地告诉自己：这就是阿康。心里却很平静，甚至有一些漠然，她是等待得已经疲劳了。柏树伫立在起伏的丘陵之上，很久才退出视野。

拖拉机终于到了长途汽车站，日头已近正午，他们买了车票，就到车站附近的饭店吃饭。那对老夫妻也相继进了饭店，在另一张桌上坐下，朝他们点了点头。米尼问道：他们的儿子你认识吗？阿康说，搞不太清楚，就问米尼要烟抽。米尼从包里掏出了一包大前门递给他。他撕开烟纸抽出香烟，上下摸着口袋找火柴而没有找到，只得欠过身子向邻桌一个男人借火。

两个男人接火的样子将米尼心里的热情唤醒了,她激动地想道:阿康,你是回来了吗?她想她的等待是多么值得啊!她望了阿康剃短了的平头说道:阿康,你的板刷头是多么时髦啊!阿康说:那就永远保持下去,也是一个很好的纪念。米尼笑了起来,忍不住去拉阿康的手,阿康挣开了说:大庭广众的,不能叫人家不花钱看白戏。她就在桌下用膝盖去碰阿康的膝盖,用脚去踢阿康的脚。阿康躲避着,米尼则追逐着不放,并开心地叫道:你逃不脱的。这时候,他们点的饭菜端了上来,这才不闹了。对面那一对老夫妻一直在看他们,流露出羡慕的神情。

吃罢饭,他们三人就慢慢往车站走去,路边有一些小店,卖着日用杂货,还有一些农机用的小五金,他们在店里穿进穿出的,阿康说:他就好像已经到了上海,觉得很繁华了。米尼笑他成了一个乡下人,心底却有十二分把握,他绝不会变成乡下人的。即便是吃了三年官司,他的风度还是那样优雅,真正是百折不挠啊!米尼在心里感叹着。她弯下腰,让儿子叫他爸爸,儿子端详了一会儿,忽然咧嘴一笑,说道:瘪三!两人都乐了,说这不愧是他俩的儿子,很会开玩笑。

米尼忍不住还是要勾住阿康的胳膊,将头靠在他的肩膀上,说:阿康,我心里实在很高兴!阿康就说:能不能回到上海再高兴?米尼说:你刚才说的,这里就是上海。阿康说:我没有说。米尼说:你说了,不要赖。阿康说:我不赖。见挣不脱便也不挣了,只是嘱咐她另一只手要拉牢儿子,不要找回老公,倒把儿子丢了,这也是不合算的。停了一会儿,他要求去一趟厕所,米尼不让,说他是要滑头,要溜。阿康说:你真残酷。米尼说:我就残酷。又停了一会儿,阿康要求抽出胳膊点一支烟,点好烟,马上把胳膊还给她。米尼说:我帮你点。她让阿康另一只手拿牢火柴盒,她擦着了,替他点上。他吸烟的样子,使她着了迷,让火柴烧了手,哆嗦了一下,将火柴梗一抛,燃尽的火柴梗带了最后的火花,在蓝天下画了一道美丽的弧形。

后来,他们上车了。那一对老夫妻与他们隔了一条走廊,坐在那边的窗下,与他们相视而笑。儿子已经睡着,他们就让他放平了睡在他们的膝上。汽车开动了,慢慢地驶出了车站,驶过一条简陋的小街,上了公路。这时候,阿康也有些激动起来,他望了窗外,说道:我已经忘了上海是什么样子的啦!米尼更是激动地说道:阿康你简直是第二世投胎做人啊!阿康就说:做两世人生,老婆却还是一个,多么扫兴啊!米尼盯牢他眼睛说:你再做一世人生,我也是你老婆,你别想逃。阿康认输道:我不逃。

汽车的速度加快了,他们心里充满了陶醉的快乐迷离的感觉,自己像在飞翔似的,美妙得很。然后,就沉沉欲睡了。当米尼被汽车颠醒的时候,汽车里灌满了阳光,那老夫妻低了头,起先她以为他们睡着了,却发现他们在默默地流泪。她来不及去想他们的伤心事,心里已经被快乐注满了,重又合起了眼睛。

到上海的时候,已是晚上九点钟的时分。米尼背着儿子,阿康提着东西,走出了长途汽车站,走到了上海徐家汇的马路上。他们看见了著名的徐家汇天主教堂的尖顶,很肃穆地映在深蓝的天幕前。他们去乘无轨电车。车没来,他们就倚在栏杆上等车。米尼急躁地想着:车什么时候才来呢?阿康只是默默地抽烟,儿子则连连打哈欠。天上有一些疏淡的星星,人们在楼房的阴影里沉默地等车。上海的夜晚多么寂静啊!阿康忽然想道。

车终于来了,车厢里灯光明亮,使阿康想起一些电车上的往事。他奇异地感到一阵惊惧,脱口叫了一声"米尼",米尼问有什么事,他说:准备上车吧。于是三人就上了车,车沿了街道,在一盏盏路灯下驶去了。这时候,他们几乎是共同地想道:今后的日子应当怎样过?

开始,他们一起回到了临淮关,住在农机厂仓库旁边的一间小屋里。临走时,阿康的父母给了儿子一些钱,可为阿康微薄的工资稍作贴补。

每天,阿康去上班,米尼在家带了儿子玩,在一只火油炉上炒菜,到工厂后面不远的淮河去洗衣服,在大好的天气里,将洗好的衣服铺在河岸石砌的斜坡上晒干,看了轮船呜呜地靠岸,然后又呜呜地离岸。她想起了她和阿康相识又相知的情景,恍若隔世。她想:从那时起,有多少岁月过去了啊!她有时候很想把这个故事讲给儿子听,可儿子却全神贯注地朝轮船扔石头和沙子。他晒得墨黑,显得眼白特别白,疏淡的眼毛浅浅的,如白色的一般。他冷不防会在米尼脚下使个绊子,然后飞快地跑远了,唱歌似的喊:米尼,跌跤了!这就是他和母亲撒娇的方式。

在越来越远的悠长的汽笛声中,米尼挽着一个大篮子,篮子里装了洗好晒干的衣服床单,慢慢地往家走,儿子在前面朝她扔着石子。她心里很明静,也很旷远。晚上,阿康从车间回来,他们三人就在一张低矮的案板上吃饭。饭后,他们去逛街。街上有一家影剧院,每一部电影他们都不放过。有时,那里还会来一些外地剧团演出戏曲或者歌舞。在阿康上夜班的夜晚里,米尼自己和儿子睡觉,她很清醒地听着火车长鸣而来,旧事又涌上心头,如同电影一般,一幕一幕在脑海中演过。她微笑着恍惚想道:她是怎么到了这个地方?她想起"命运"这两个字,觉得命运真是太奇巧了。

阿康做的是车工。阿康的手艺是很好的。厂里的人渐渐把阿康犯罪的事情原谅了。他们想：上海那种地方，谁说得清呢！他们进进出出地叫阿康"唐师傅"（阿康姓唐，他的儿子就叫唐查理），他们在技术上遇到什么问题就说：唐师傅，你帮我看看这个。有时候，阿康已经下班，正在家吃饭，他们就会很不好意思地踏进门来，说：唐师傅，你帮我看看那个。阿康就一一指点他们，直到他们弄懂为止。

每天他脱去了油腻腻的工作服，洗了脸，坐在饭桌前，喝上一点酒，再抽一支烟，心里会觉得非常舒服。他渐渐地胖了，脸色也滋润了。有一天，他对米尼说，这样的日子，其实也没什么不好。米尼就说，随便什么日子，和你阿康在一起就是好的。阿康说不见得。米尼说见得。两人"不见得""见得"地来去了几个回合，就滚成了一团。墙角一只小虫唱着悦耳的歌曲，米尼感动地想：过去的日子再不要回来了。

夏天，她带了儿子去河岸的榆树林子里捋榆钱儿，望了不远处闪闪烁烁的淮河，她发现，过去的日子是多么可怖，不由得后怕起来，心在胸膛里"别别"地跳着。幸好，幸好啊！她连连地在心里说道。她的手指转眼间被榆钱儿染绿了，风在树林子里穿行。她背起装满压实的麻袋，走出榆树林子，往街上走去。街上有一家药房，收购榆树钱儿。查理在她身前身后地跑，朝麻袋上吐着唾沫，米尼喝住他，他就骂：米尼，我操你。

后来，秋天到了，他们一家三口乘船到蚌埠去玩了一回，在公园里划船，饭馆里吃饭，看了两场电影。买了一些衣物用品，宿了一夜。蚌埠使他们想起了上海，上海浮光流彩的夜晚在向他们招手,他们便策划着,春节的时候回上海去。于是,从秋天到冬天的这一段日子他们就过得有些不耐烦,他们想:什么时候才到春节呢?晚上,没有什么事情,他们早早地就上床,百无聊赖地做着男女间那种经常的游戏。大概是因为没有外界新鲜事物的激发,这样的游戏也渐渐使他们感到单调而腻味了。他们在星期天阳光明丽的下午,在简陋的小街上走来走去,最后还是回到他们阴暗的小屋,屋外满地流淌的阳光和他们没有关系,白白地流淌过去。

他们都有些焦躁,坐立不安,这使他们两人都开始渎职。阿康在车床上出了次品,米尼一日三餐也有些胡来。查理不禁受了他们的影响,吵吵闹闹的,大人一旦责罚他,他就哭骂不止,诅咒阿康再一次"吃官司",还要"操"米尼。他直呼他们的名字,他们随他叫去,觉得这孩子从小就有幽默的素质。

有一天晚上,他们三人在一起喝了一些酒,阿康忽然打开了话匣子,说起了昔日的一些经历。他说到他在众目睽睽之下如何轻易地得了手,在急变的形势下如何从容不迫地摆脱困境,他还说到他在拘留所里是如何与一个流氓和惯偷名叫"平头"的巧妙周旋,在劳教期间又是如何在人不犯我我不犯人的立场中站稳了脚跟。他以他惯常的客观的自嘲的语气说着,情绪却越来越激动,他的眼睛渐渐亮了,脸色很红,声音高高的,并且做了许多夸张的动作。

米尼望了他,开始还想,阿康又发毛病了,而逐渐地,也被他的情绪感染,争相说起了自己的事情。她说她的经验是防患于未然,绝不冒一点无谓的风险,不是十个指头捉田螺那样十拿十稳的情形,她是绝不下手的。阿康就讽刺她说:这样的事情,本身就是风险,如不想冒险,只想十个指头捉田螺,那么,根本就不要去做了,那就去做别的事情好了,世界上有许多别的事情呢!米尼说阿康这样把这种事情当作风险的看法其实是错误的,而他和其他人之所以会失手,就是因为他们这样的错误看法。其实这样的事情非但不危险,还很安全,危险的倒是那些口袋和皮包里装了钱夹子的人。他们时刻提防着别人窃取他们的钱财,提防着他们可能遭受的损失,他们才是真正的冒险。如果像阿康那样,自己认为自己是在冒险,因此做出许多危险动作,其实这种危险动作都是多余的,带了表演的性质,所以就一定要失手。

阿康听不得米尼这样反反复复地说"失手"两个字,这使他感到羞恼,就打断了米尼的话,说:不承认这事情的风险其实是自欺欺人的把戏,问题是怎样认清形势,然后才可知己知彼,百战百胜。至于"失手",那不过是交学费而已,交一点学费是很值得的,而不交学费,恰恰就什么也学不到了。米尼说:学费也要看是什么样的学费,假如一个人的学费是被捉出去枪毙了,这又能换来什么?阿康就笑道:交学费就是为了避免死,怎么能死,死是绝对不能死的,我们之所以要不惜代价地付出昂贵的学费,就是为了要活着。

米尼问他:活着到底是为了什么呢?阿康认真地想了一下说:为了好好地活着。然后又接着说:我们再继续说学费的事情,学费是很有必要的,我每交一次学费,就学得了许多道理和经验,你没有交过学费,所以你根本不知道。大家在一起,从早到晚的,可以交流多少宝贵的东西。那些东西,都是你不交学费做梦也做不出来的,劳改真是一座大学校啊!米尼说:我不用交学费也可以学到许多经验,一边做一边学。阿康宽容地一笑说:你的那些经验当然是不能与我的相比的。米尼就说不见得,阿康说见得,米尼再说不见得,阿康就有些恼怒,把桌子一推,厉声说:到底是你听我说,还是我听你说?

米尼一惊,倒有些酒醒,却还争了一下:谁对听谁说。阿康摇了一下桌子,冷笑道:我就是听你的,让你弄到这个地步。米尼想他是在说醉话。他又接着说:我的生活道路,就是从碰到你的那一日起,走错了,一步错,步步错。米尼听他这话又像是醒的,就问道:阿康,那一日你们为什么不从临淮关上车呢?阿康说:我们要在蚌埠玩一天。蚌埠有什么好玩的?米尼说。蚌埠是很好玩的。

阿康很清醒地望着米尼,米尼不响,阿康便说:你这样的女人,就像鞋底一样。米尼哭了,说:我怎么像鞋底呢?我像鞋底你又像什么?阿康轻蔑地一挥手,不屑于同她说话似的,站起身,走到床前,衣服也不脱,只脱了鞋,拉开被子就睡了。这时候,米尼却已完全清醒了。她流着眼泪,想着阿康那些恶毒的语言,觉得非常灰心。她觉得阿康今天虽然喝醉了,可是有一些话却像是比平日更真实似的。第二天,查理就用"鞋底"这样的话去骂米尼了。

过了几天,阿康心情比较平静的时候,他回想起了那晚上的情景,就问米尼道:这样说起来,你也有了那一手?米尼冷笑一声,没回答。阿康停了一会儿,却笑了,说道:你看,我们这一对夫妻,搭配得多么好啊!听他这样一说,米尼心就软了,同他和好如初,就好像没有发生上回的事一样。以后的夜晚,阿康就细细地问她事情的经过,米尼则慢慢地一点一点告诉他,两人沉浸在回忆之中。

在这平淡的日子里,说着这一类的事情,就好像在吹牛一样虚假却有一股激动人心的神奇感觉。他们常常问自己:这是真的吗?然后又回答自己:这是真的。他们还调笑道:在这样的地方,要想练练手也无处练啊!人们将钱捏在手心里,上街买了东西就提了回去。除非学做一名强盗,去打家劫舍,可这有什么意思呢!这又何必呢?就这样到了今天,开始准备回家的事了。

这是一九七七年的一月。过去的一年里,有过几件大事,却并没有引起他们的注意。他们是工于心计而又麻木不仁的小人物,太大的事情是在他们视力之外的。当他们三人在一个冬日和暖的午后,搭上一班火车,暂时没有占到座位,挤在过道里的时候,他们计划着,在上海的日子里,如何到父母的口袋里去挖取进账。这两人想:像阿康父母这样幸运的父母,世界上是绝无仅有的,对儿子、媳妇和孙子不负起一点责任,而只是放任自流,这简直是一种堕落!他们痛惜地想道:应当去挽救他们,给他们一个重新为人父母的机会。当他们在算计父母的时候,查理则在冷静地考察他们,看他们身上还有多少油水可榨,刚糟蹋了一包饼干,现在又想要糟蹋半只烧鸡。

上海的这一个冬天,凡是知识青年们都在热烈地讨论着回城的事情。米尼想:她的机会是不是来了?当她把她的想法告诉阿康的时候,却不料阿康冷笑了一声说:你以为回到了上海你就不再是鞋底了?上海的鞋底是比哪儿都多得多的。米尼想:阿康为什么会说这样的话!然后就渐渐明白了。一旦明白,她才觉得阿康提醒了她一桩事,不由得暗喜,在心里叫道:阿康,阿康,你越怕我回上海我倒越要回上海了。

她加快行动,真正开始做准备了。她悄悄给插队地方的大队支书写了一封信,再到地段医院检查了身体,查出有关节炎和月经不调两种慢性病。这时,大队支书的回信也来了,信中说虽然农村很需要她们这样有文化有抱负的知识青年,可是身体不适合却也是不行的,身体是革命的本钱嘛!他们很支持她回到上海参加建设上海的革命。还寄给她县、公社、大队的三级证明,她就开始跑上海这一头。这些她都是私下进行,没有漏给阿康半点。她觉得她正在为自己筹划一步棋,一旦成功,她和阿康之间的这盘棋就活了。不知从何时起,她和阿康就像两个对弈者,在下着一盘棋。

春节早已过去,春天到来了,窗外的梧桐已长出了叶子。阿康却一字不提回厂的事情,他忽然对喝茶有了兴趣。买了一张公园月票,每天早晨跑到公园茶室里坐着,直到中午回来。米尼问他公园茶室里都是些老头,他混迹其间有什么快乐?他就笑了,说米尼太不了解老头了,老头是人类中最精华的部分。米尼说:你自己家里就现成有一个老头,还可免费,何必再去茶室呢?阿康则说:家中这个老头,正是精华中糟粕的那一部分,恰恰是不可吸取的。米尼听了就很乐,觉得他实在是个幽默大师。然后,他才慢慢地告诉她:那茶室中,有昔日赫赫有名的"酱油大王",有当年国民党中国银行的职员,有过去在礼拜堂现在在棉毛衫十三厂的传教牧师,有旧上海在当铺里现在小学校做工友的朝奉,真正是三教九流,英雄荟萃啊!他们说话不多,句句都是警言,足够品味半天,其中浓缩了他们一世的成败枯荣浮沉歌哭,这就是吃茶啊!他说道。米尼不由得听出了神,催他讲下去,他却住了口,翻了身朝里说困了,要睡觉了,明日还要早起去公园吃茶。米尼想他上班都不曾这样勤勉过。这一段日子,他们各自找到了各自的目标,各行其是,各得其所,互不干扰,相安无事。

到了夏天的时候,米尼就说要回一次插队的地方。阿康问她回去做什么,她说有些事情要办。阿康本不想问了,想想又多问了一句:忽然间会有什么样的事情办理?米尼说是关于户口和油粮关系的手续,她病退回上海了。阿康没有作声,仰天躺在床上,望着屋顶,用一把拔猪毛的钳子夹下巴上的胡子。米尼在他身边坐下,缓缓地对他说,她还想再去临淮关一趟,在他厂里开个结婚证明,办了他们的登记手续,这样,到时候,便可给查理报上上海户口了。她又说,他们不应当耽误查理做一个上海人的前途,既然他去不了外国,他们叫他查理本是为了他出国的未来。阿康不作声,停了一会儿,就说:你去好了。米尼就去买了三天后的车票。这三天里,阿康依然每天上午去公园茶室,中午才回。到米尼要走的那天早晨,米尼说她要走了,他就说再会,然后去了公园。米尼心里怅怅的,然后又笑了,怜惜地想:他在赌气啊!

在米尼回安徽的几日内,阿康的父母紧急筹划了两件事情,一是阿康母亲退休叫阿康回来顶替,二是将房间一处调两处。然后,他们就一个去办退休手续,一个则复写了许多份调房启事,一根电线杆一根电线杆地去张贴。阿康依然去茶室,查理则以弄堂为家,把家当成饭店和客栈。他们父子二人现在就在老人那里搭伙。一旦没了米尼,就像拔去了阿康母亲的眼中钉,她心情舒畅,儿子孙子就好像从劫持者手中终于回到了她的怀抱。她拿出多年的积蓄,为他们添置了各色衣服,每顿饭菜都要翻一些花样。他们父子二人天天过得心满意足,她就弯腰低头地问查理:阿理——她这么叫他——阿理,奶奶好还是妈妈好?问时眼睛却看着阿康。

等到米尼回来,便发现丈夫儿子已被对方争取了过去,只剩她一个人孤守阵线了。她问他们:吃不吃饭?两人共同的回答是:随便。第一顿饭她自己吃了。到了第二顿饭,就有些发怒,又问道:吃不吃饭?他们依然回答:随便。她又自己吃了。到了第三餐,她反平息了火气,心想:正好,为我们节省伙食费呢!不料,阿康的母亲也正想到了此处,她想:这可不是为他人做嫁衣裳?于是就宣布从此不再管他们伙食。两人回来的时候,米尼说:你们吃过饭了吗?今天怎么吃得这么早!一边摆出了碗筷,让两人吃饭。

晚上,等查理睡了,她就将转来的户口、油粮,还有结婚证,一件一件让阿康看。阿康淡淡地扫了一眼,然后说:大约再过几天,我就要回安徽了。米尼一惊,问道:厂里来催上班吗?阿康说:不,是回去转户口啊。米尼这才知道阿康母亲让他顶替了,不免想到自己又与阿康走了一步平棋,暗暗有点沮丧。但再想到三人都回到了上海,名正言顺地做上海人,过上海人的生活,还是高兴更多一些。在几年前,他们是想也不敢想这一日的。他们终于可以好好地过一份日子了。她就有些激动,说道:你妈妈立新功了。阿康慢慢地说:光吃老本是不行的,是对不起革命后代的。米尼感叹道:他们已经吃了多少年的老本啊!这一个夜晚他们很快乐,不久以后即将到来的和平的生活,在漂泊不定了长久的他们看起来,简直是一种妄想,不料妄想马上要变成现实。他们想:这是少数的幸运的人的生活啊!他们马上就要做那少数人中的两个了。

第二年春天的时候,他们已经在各自的单位上了班。米尼在街道的生产组,阿康先是因为不算插队知青顶替没有成功,可是后来他们这一批中专生全部回上海重新分配,他便也到了一家国营工厂,依然做他的车工。房子是到年末才调开的,两处相距三站路,他们三人住一间九平方的三楼亭子间。上班下班的日子开始了。当他们上班去的时候,查理就留在家里,因怕他闯祸,所以并不让他进房间,把房门锁了。他就在弄堂里待着,不过几天,他已将周围两条马路的地方勘察完毕,弄堂口的熟水店、临街的自由市场、对马路的公园、隔壁弄内的造纸厂,都是他常去的地方。到了晚上,他的见闻是比他父母要丰富得多的。晚饭桌上,精疲力尽的阿康和米尼听着他眉飞色舞地吹牛,心想:这孩子多么聪敏啊!然后又伤感而欣慰地想:眼看着就要靠他啦!他们好像已经看到了自己的晚景:将这一份生活做到了退休,戴了红花回到家里。深感无聊,却也无奈。

他们这两个小小的懵懂的人物,在漂泊游离了多年之后,终于被纳入了正常的社会秩序。这秩序好比是一架庞大的机器,一旦进入其间,便身不由己,在轨道上运行。如果强行脱离,须有非凡的破坏力。这破坏力要么就是在这机器上造成了创伤,要么就是两败俱伤,最不济的是单单将自己粉身碎骨。这最后一种结局是最普遍的结局,因为渴望进行这种脱离的人,往往都是一些卑微的小人物,他们在这机器中连一个最低等级的齿轮的位置也占据不了,他们总是在最无须主动性和个人意志的,如螺丝钉那样的位置,于是他们便产生了脱离的强烈要求。但他们因为是最无教育、最无理智、最无觉悟、最无自知之明和自控能力的人，他们的破坏力恰恰正够破坏他们自己，将他们自己破坏殆尽。于是，灭亡的命运便不可避免了。

阿康和米尼每天上班和下班，他们昏昏沉沉的，有时清醒了一下，想着：这过的是什么日子啊！紧接着又迷蒙起来。阿康觉着自己得了病似的，就请了病假，一天又一天地在家休息。休息久了又觉得不妥，丧失了什么责任似的，再去上班。机器永不间断的轰鸣声使他恶心，使他充满了迷失方向的感觉，人被淹没了一般。他又去请假，他和厂医说他得的是美尼尔氏综合症，自己心里有数，不需要什么药，只是绝对休息。厂医是最后一届的工农兵大学生，充满强烈的自卑感，就问阿康大约要休息几日，他说多至三月，少至半月，可是现在生产任务很紧，正是建设四个现代化的时候，他不好意思长休，就半个月吧。病假期间，他又去了老房子那公园的茶室，却很失望地回来了。那一批昔日的茶友已作鸟兽散，偶尔在街上还见过一次"酱油大王"，却是今非昔比，趾高气扬，明明看见却作看不见的样子，两人擦肩而过。米尼安慰他说，这就叫作六十年风水轮流转，总有转到他阿康的一日，现在重要的是保存实力，耐心等待。可阿康依然很颓唐，有几次，在汽车上，有粗心的女人将坏了拉链的皮包推到他眼前，他竟没有下手的兴趣，自己都觉得自己出了毛病。他强迫自己去那包里拣出了钱包，却没有得到安慰，心里照旧很消沉。

日子过得飞快，不知不觉又是一年过去，查理上了学，并且开始逃学，被老师捉住，让同学通知家长去领，家长却从来不去领。到了下班时分，老师只得将学生送回家里，家长对老师说：你最好把他一直关到明天这个时候。老师见那家长表情真挚恳切，反说不出话来。等到查理上了两年级，已有过一次逃夜的记录,两人分头找了半夜没有找到。早晨五点左右,却被一名小车司机送了回来。他们不由得感叹道:这小孩的福气真好,我们这把年纪了还没坐过轿车,倒叫他坐到了。这样的日子一天一天过去,后来终于出了事情。

　　米尼工场里有个要好的小姐妹,是从江西插队病退回来的。她长得秀气白净,说话轻声细气,像一只温柔的小猫。米尼很喜欢她,常带她到家里玩。有一次,她来的时候,阿康正在家里休病假,本来在床上躺着的,这时却起来了,坐在床沿上,听她俩说着连衫裙的裁剪问题,还提出积极的建议。那小姐妹起身告辞的时候,阿康便留她晚饭。这时,米尼已看出一点端倪,却没有流露声色,反一起劝那女孩留下,然后就下到底楼灶间烧饭。重新上来的时候,见阿康和那女孩谈得很好。女孩低了头缩在沙发里面,阿康坐在对面床沿上,吸着烟,歪下头去对了女孩的脸说话。那女孩便更加低了头,偶尔抬起眼睛,则很明亮。米尼心里一紧,想阿康与她说话,还从没有过这样的表情。这天晚上,阿康情绪很好,不时有灵感来临,说了许多笑话。等那女孩走后,米尼便把桌上的碗全推到地上,与阿康吵了起来,阿康则将热水瓶摔了,查理在一边就说:你们等一等,我去买几个饼干箱来给你们摔。米尼说:阿康你今天精神这样抖擞,病全好了嘛!阿康说:我本来也没有病,精神向来很好。查理则说:我看你们都有病,吃错药的病。米尼顺手给了查理一个嘴巴,说:我看你官司还没吃过瘾,还想再吃一回啊!阿康给了她一个嘴巴,骂道:你这个白虎星,谁沾上你谁要晦气!米尼哭了起来,阿康越加心烦,他想他难得有一天晚上高高兴兴的,却让她给破坏了,这个女人是多么叫人丧气啊!她是连一点点快乐也不肯给他啊！他越想越烦恼，推门出去了。

阿康一走，米尼倒止了哭声，她暗暗叫道：冤家，可千万别出事啊！她擦干眼泪，就开始收拾残局，这时，已经十点钟了。她拖干净地板，铺好了床，望着窗下黑漆漆的后弄，心想：他什么时候回来呢！她想他这样的大人，是不会有轿车司机送他回家的。到了十一点的时候，她正想着要去马路上转转，阿康却回来了，什么话也不说，一个人闷头洗脸洗脚，然后上床。米尼便也悄悄地上了床，点了电灯。阿康将身子转过去，不睬她，她就从后面抱住阿康的肩膀柔声说：阿康，你笑一笑吧，我是怕丢掉你，才发火的。阿康冷冷地说：我又不是一样东西，怎么会丢掉？米尼说：我怕有人会把你抢了去。阿康说：我是什么宝，有谁会抢？米尼说：我。阿康说：你？然后就不作声了。

这天夜里，米尼待阿康格外的周到，阿康不觉也消了气。第二天早起时，他说：其实我对你那个小姐妹并没有什么，不过她人长得不错，欣赏欣赏罢了，就好像一张好看的图画，有人走过去，会多看两眼。米尼就说：那你想不想看我呢？阿康说：你是贴在家里的画，月份牌一样，天天有的看，不看也晓得了，再说，夫妻间，难道仅仅是看吗？米尼被他的话感动了，就说：既是这样，我就常常带她来，给你看。后来，她果真又带她来了一两趟。但每次走后，她又忍不住要和阿康吵，一次比一次吵得厉害。米尼不知道，她在此是犯下了大错误。她或者不要带那女孩上门，或者带上门了就不要吵闹。她这样做无疑是在撮合阿康和那女孩。而她的吵闹，在阿康的一边，是加深了他的烦恼和苦闷；在女孩一边，则更衬托了她的温柔和顺、楚楚动人。每吵一架，阿康就与米尼远了一步，却与那女孩近了一步。渐渐地，女孩就将阿康从消沉的情绪里唤醒了,他振作起来,好像看到了希望的曙光。

终于有一天,米尼出了工伤,冲床差点儿削去她的一个手指头。她到地段医院包扎了伤手,打了防破伤风的针,领了消炎药片,下午两点时分到了家,见那小姐妹躺在她的床上,阿康坐在床沿上抽烟,眼睛看着那姑娘。见她进来,两人都慌了神,米尼反倒镇定下来。她眼前黑漆漆地想道:这一天终于来到了。她站在门口,看着那女孩哆哆嗦嗦地起床,穿好衣服,又哆哆嗦嗦地从她身边走过,下了楼梯。阿康先也紧张了一阵,竟被烟头烧了手,接着就稳住了,从床沿上站起身,走到沙发上坐下,重新点了一支烟,眼睛望着米尼,意思是:你说怎么办吧!米尼没说什么,转身下了楼去。阿康以为她走了,不料她只是下楼去烧晚饭。这一个晚上平静地令人不安地过去了。

第二天早上,米尼在工场间门口,一条很热闹的马路上,截住了那小姐妹,向她讨自己的男人。那小姐妹要跑,她不让,扯住人家的衣服,扇人家耳光。那小姐妹却也远远要比外表泼辣和果断,硬是挣脱了米尼,并且跑到阿康厂里,在车间找到阿康,说非他不嫁了。几乎是前后脚的工夫,米尼也到了厂里,直奔厂长办公室,扯出厂长要他公判。一时里,厂长、米尼、阿康、那小姐妹,四人站在了一处,会审公堂一般,厂长成了法官。几下里当即咬定:离婚的离婚,结婚的结婚,再不反悔。米尼凭了一股意气撑着,回到了家中,一进房间,就晕倒了。当她醒来的时候,见自己躺在床上,阿康坐在沙发里抽烟,窗外已经暮色朦胧。她哭了起来,她想:这不会是做梦吧!阿康听见她哭,就走拢了来。她欠起身子抱住阿康,阿康抱住她,也哭了。

他们两人抱作一团,亲吻着,爱抚着,从没有那么亲爱过。他们哭着想道:事情是怎么搞到这个地步的啊!可是米尼猛地一震:阿康这双手抱过另一个女人啦!她顿时恨得咬牙切齿,怎么也咽不下这口气了。她推开阿康,撕着自己的头发,咬着自己的手,她怎么能饶过阿康呢?米尼终于折腾得累了,阿康也哭累了,房间里一片漆黑,他们谁也不去开灯,查理不知跑到哪里去了,他们都把他忘了。米尼躺在枕上,气息奄奄的,她妥协地想着:假如阿康不肯离婚,她就不离。阿康缩在沙发里,也在想同一个念头:假如米尼不肯离婚,他就不离。

　　夜深的时候,他俩又摸在了一起,像新婚或久别时那样狂热地做爱,如胶如漆。当快乐的高潮过去之后,一个情景又浮现在米尼的眼前:那小姐妹躺在她的床上,也这么快乐过来着。她将被子扔在了地上,将床单剪成了碎片,她浑身打战,要阿康滚。她说:阿康,阿康,你还是死吧!阿康站在地上,打着冷战,牙齿咯咯地响:你要我死,我就死。他忽又凄婉地加了一句:我死了,你能活好吗?米尼的心都要碎了,她将头在床架上撞着,阿康拖住了她,她就将头往阿康瘦骨嶙嶙的胸口撞着,闭过了气去,阿康一声一声地将她唤醒,两人哭作了一团。他们不知道事情怎么会弄得这么糟,米尼一个劲儿地怪阿康,阿康一个劲儿地怪米尼,世上的话都说尽了,就是不说和解的话。他们觉得,事情已成定局,再不可挽回,这是不可挽回的,时间不会倒退。想到这里,米尼就发痴似的哭,眼泪流成了血,阿康早已软了,死人一般。黎明渐渐地来临,天亮了,他们一个缩在床头,一个缩在床尾,嘤嘤地哭着,像两头受了重伤的斗兽。

　　都说离婚难离,他们却离得分外容易,手续很快批了下来,也没什么财产,仅一间房间一个查理。房间是和查理连在一起的,要就都要,不要就都不要。两人推让了一会儿,就决定给了阿康,米尼要回娘家去了。

这天上午,米尼将自己的四季衣服整理出来,放在一口帆布箱里,就是她插队落户用的那一口箱子。她想起,也是在一个上午,她来到了阿康家里,偷偷摸摸,做贼似的。阿康没有去上班,站在她身后,准备她一走,就回父母家搭伙去。他们两人没再多话,眼泪早已哭干了,只是心里还有点恍恍的,觉得事情很奇怪,怎么就到了今天。他们环顾了一下这个房间,然后就分头走了。

# 第三部

# 第 一 章

米尼的阿婆已经老得走不动了。由于严重的风湿,她成天围坐在被子里,躺在大房间拦出的走道的床上。房间里住了米尼哥哥的一家,另一朝西的小间住的是姐姐的一家。米尼回来之后,就与阿婆睡在一张床上。每天晚上她将身子伸进那湿冷的被窝里,阿婆的瘦腿就像枯槁的木头,寻着米尼身体的热气倚了过来。

阿婆靠在高高的枕上,骷髅般的脸上嵌了一对灼亮的眼睛,她说:米尼,你怎么好意思回来的呢? 米尼说:这是我的家,我想回来就可以回来。阿婆又说:我们不是断绝关系了吗? 米尼就反问道:什么时候断绝的? 我怎么不知道? 阿婆说:你不是不再回来了吗? 米尼说:我这不是回来了吗? 阿婆气了,眼睛像午夜的猫似的,射出逼人的光芒,厉声说:这是我的家,你不能想走就走,想回来就回来。米尼笑道:你说是你的家,却怎么只能睡在走道里呢? 阿婆的身子微微颤着,然后又平静下来,说:你不也是睡走道里吗? 米尼装作睡着了,不回答她的话,过了一会儿,就真的睡熟了。等她醒来时,天已微亮,阿婆倚在枕上,眼光亮亮的。她想:难道阿婆一夜都不曾睡下吗?

现在他们一家倒分了四家起伙:哥哥一家,姐姐一家,阿婆一家,米尼又一家。

阿婆对米尼说:她应当支付她的一份水电房租。米尼说:我正要和你算账呢,这几年我可是连一分生活费也没拿过。阿婆反问道:你向我讨生活费我向谁去讨?米尼笑道:我并不是向你讨,是向我的父母讨。阿婆脸一沉,说:你这样大的人了,却还要吃父母的,要脸不要脸?米尼更笑了,说:吃父母的倒没什么,吃儿女的却有些难为情了。并且,吃了儿女的不算,还要把孙儿的一份吃进去,这是要脸还是不要脸呢?阿婆铁青了面孔,装作没有听懂的样子。米尼暗中窥伺着阿婆床头上了铜锁的樟木箱,觉得其中必有一些名堂。阿婆将钥匙藏了起来,而且时刻守在床上,她无法去察看箱子里的秘密。

像这样的对话,她们几乎每天晚上都要进行。

有时候,阿婆会用两只炯炯有神的眼睛看牢了她,看了一会儿才说:米尼,你好丑啊,怪不得你男人不要你呢!米尼说:那就是阿婆你作的孽了,你要俏一些,也算为我们儿孙做了一点好事了。阿婆笑了:那是你没有见过我年轻的时光,人们都说,谁家能娶这家的女儿呢?米尼也笑了:现在可一点也想不到了,阿婆你老得多么厉害啊!阿婆就说:米尼你到了我这个年纪,会是什么样子的呢?也许是想到米尼也会到她这样的年纪,她便得意地笑了起来,张开了嘴,露出一个黑洞。米尼看出了阿婆的心思,脸上流露出向往的神情,说道:我到了阿婆这个年纪,阿婆将在什么地方呢?阿婆很宽容地说:到我这个年纪?这不是每个人都可以做到的事情,她看出米尼不屑的眼神,脸上的表情更温和了:在你这样的年纪,总是心高气盛,好像世上样样事情都可做到。米尼说:我至少可以比你做得好一些。阿婆说:别的事情我不知道,这样的事情你最好不要夸口。米尼有心地问:阿婆,这样的事情是什么事情啊?阿婆的脸白了一阵,回答说:就是这样的事情。

米尼晓得阿婆不敢说这样的事情就是死,更是紧追着问,阿婆就会气馁。可是,像这样的谈话,她们双方付出的都有点太多,受了重伤似的。之后,她们祖孙俩会在很长一段时间里,互相很惧怕的,彼此都很警戒,而且很小心,好像生怕对方会害自己似的。有时她们在深夜里醒来,睁着眼睛,却装作熟睡,听着对方造作的鼾声,直到天明。

阿婆越来越怕死,吃着昂贵的高丽参。有一天,她坐在床上,米尼坐在房门口择菜。她俩方才还在一句去一句来地斗嘴,然后就静了下来。过了一会儿,米尼看见在她菜篮子旁边,有一线极细的水流,缓慢却不可阻挡地伸延过来。她抬头沿了水流寻去,看见这水流来自于阿婆的身下。阿婆已经死了,睁着眼睛,放大的瞳孔显出极其幽远的样子。

人们寻找了很久,最后在木棉枕芯的深处找到了阿婆樟木箱的钥匙。在箱子的最底层,有各式各样的存折、活期、死期、贴花,加起来有两万七千元。还有一大包米尼的父母从香港的来信,信都写得简单,问平安而已。米尼的父母从香港回来了,穿着花色很鲜艳的衣服,脸色却都疲倦而且黯淡。他们带回家用电器,还有许多衣物,分送给左邻右舍。大殓过后的一个晚上,他们带了儿女孙辈,在国际饭店包了一桌,也请了阿康。阿康也来参加了大殓,他温文而整洁的外表,以及他主动赴丧这一行动的大度不凡,给米尼父母留下了良好的印象。后来,当听说米尼父母在为回程的船票为难的时候,他便说他可以去试试,第二天竟真的送来了船票。于是,米尼父母也请他一同赴宴,算作答谢。

阔别多年的父母与儿女围坐在餐桌边,彼此都十分生疏,多年的怨隙已被时间和形势淡化,儿女之情也变作一桩遥远的事情。加上饭店里的豪华气派与餐桌上的繁文缛节,使清贫中长大的孩子深深受了约束。大家都沉默,偶尔说几句话,也像外交辞令一样。唯独阿康好些。他很得体地称呼米尼父母为伯伯和伯母,在恰当的时节建议敬酒,他还以不失文雅的态度调侃几句,说一些轻松的笑话,最终使这家人的团聚圆满地结束。席间,他和米尼好几回眼睛遇到了眼睛,他们对视着,感觉到他们之间很深刻的默契。于是就有些伤感,调开眼睛了。饭后,米尼父母叫了一辆出租车,带了几个孙儿先走了,哥哥嫂嫂骑自行车回家,姐姐姐夫则搭乘公共汽车。阿康问米尼:你怎么走?米尼说:随便。阿康又说:我好不好和你一起走?米尼又说:随便。于是,阿康就和米尼一起走回去。

他们两人并肩走在南京路上,使米尼想道:他们已经多久没有这样走过了?阿康问米尼:要不要吃东西?米尼还是说随便,阿康晓得随便就是同意的意思,就买了两块冰砖来,一边吃一边走着。米尼又想道:阿康从不曾对自己这般殷勤过呢!心里酸酸地想哭,又有点快活。走了有半站路,米尼就问阿康结婚了没有,阿康却问米尼结婚了没有。米尼说还没找到男人,阿康也说还没找到女人,米尼就提了那小姐妹的名字。阿康笑了一下,说结婚是没有什么意思的。米尼说那么当初为什么要和我结婚,阿康说明明是你要和我结婚。米尼说,就算是我要和你结婚,她不是也要和你结婚吗?阿康说:我逃不过你,却逃得过她。米尼追问:为什么逃不过我,却逃得过她?阿康就说:你是一只母老虎!米尼说:你自己才是老虎呢。

这时,两人走过了一个音乐茶座,门上亮着闪闪烁烁的霓虹灯。阿康提议进去坐坐,米尼说她从来没去坐过,阿康也说他从来没去坐过,于是两人就折回头走了进去。进去之后,米尼却觉得阿康是进来过的,他很熟门熟路地带了米尼找到一张角落里的火车座坐下,阿康又在分内的饮料外多添了几种,摆了一桌子。米尼说:阿康你出手很大方嘛!在哪里发财呀!阿康说:因为和你在一起啊,我很荣幸。米尼冷笑道:我只不过是像鞋底一样的女人。阿康就说:那要看是什么样的鞋底,鞋底和鞋底也是不大相同的。米尼终于忍不住笑了起来。

这时,就有个歌手开始唱歌,米尼见四下里的女人都穿得很时髦,显得自己十分寒碜,也十分苍老。阿康靠在椅背上,抽着烟,灯影遮住了他的脸,只见一股蒙蒙的烟升腾着,尔后又弥漫开去,在彩灯下变幻着颜色。米尼有些辨不清阿康的面目,觉得他变成了一个陌生人,心想:他们分别了有多久了啊!电声音乐如雷贯耳,灯光使她晕眩,恍恍惚惚地望了阿康,不知他在想什么。她轮番将面前的饮料喝了一些,一支歌就唱完了。

阿康说:米尼,你坐到我旁边来好吗?米尼心里不愿意,却不知怎么站起身,绕过桌子,到了他身边。阿康将胳膊环了她的脖子,一股热流渐渐地涌上了她的全身,她将头靠在阿康的肩膀上,感觉到阿康的呼吸在她耳边吹抚。她心里充满了奇异的感觉,她想,她和阿康就像一对恋人似的。阿康在她耳边轻轻地说:米尼,今天晚上我们回家好吗?米尼心里一跳,嘴里却问:回什么家?阿康说:回我们的家呀!米尼还装糊涂:哪里是我们的家？阿康就在她耳朵上亲了一下，米尼的眼泪一下子流了下来，她想，阿康是第一次对她那么亲热。她紧紧地偎依着阿康，就像一个初恋的女孩一般。歌手又唱歌了，是比前一支更喧闹的，米尼啜泣着，将眼泪擦在阿康的脸颊上。阿康抽着烟，烟雾笼罩了他们，米尼觉得就像在梦境里一样。

米尼哭着，嗅着阿康身上熟悉的气味，心里充满了喜悦，觉得有什么东西回来了，可又怅怅的，觉得另有一些东西是过去了。她说：阿康，你知道我这些日子是怎么过的吗？我睡在那老太婆旁边，一夜都好像有风凉飕飕地吹过，是从骨头里吹过去的，我就以为我也要死了，阿康你大概从来没有和这种半死不活的老人在一起睡过。现在，要我一个人再到那张床上去睡我是很害怕的，可是，有什么办法呢？

她叽叽咕咕地说着这些，阿康很耐心地听着，又好像没听，他的手抚摸着米尼的肩头，另一只手抽烟。那老妖精不让我太平，米尼继续说道，她总是说，你怎么回来了？你的男人怎么不要你了？你不是不回来了吗？你男人不是不放你回来的吗？我知道那老妖怪是在报复我，她不敢报复我哥哥和我姐姐，她怕他们，非但不敢报复他们，还怕他们会报复她，只好报复我，可是最后她自己死了，也不知道是谁报复的，谁又是为了什么报复的。阿康，你说这事情有多么奇怪？说到这里，她住了嘴，将眼前的饮料依次又喝了一遍。阿康说：我们回家吧。她顺从地站起来，跟了阿康走了。

大街上很凉爽，路灯照耀着光滑的柏油路面，他们上了一辆无轨电车，两人像年轻的朋友那样手挽着手。然后，他们下了车，走在他们熟悉的街道上，进了弄堂。阿康摸出钥匙开了后门,谁家电视里在预告明天的节目。楼梯上很黑,拐角处堆满了杂物,他们凭了感觉准确地绕开了,走进房间。米尼伸手摸到开关,灯亮了,房间的摆设依然如旧,散发了一股淡淡的霉味。米尼就像出门了几日又回来了似的,她怀了好奇而又兴奋的心情在房间里走了几步,松动的地板在她脚下吱吱地响着。然后,他们就上了床。

他们像一对初婚的男女那样激动又不知所措,迟迟地不动手。他们笨拙地搂抱在一起,亲吻着,米尼说道:阿康,没有你我没法活啊!活着也像死了一样。阿康说:米尼,你在的时候我不觉得,你不在的时候我倒觉着了。米尼惊喜道:阿康,你的话是真的吗?你再说一遍好不好?阿康说:我已经忘记了,真是对不起。于是米尼又哭又笑,敲打着阿康,说:阿康,你是要我死,你是存心要我死啊!阿康大声说:米尼,你不要瞎讲,我怎么敢呢?我不敢的呀!米尼说:你的意思是,你不舍得,对吗?阿康说:是不敢!他们久别重逢,激动得要命,快乐无边。

后来,他们渐渐地平静下来,躺在床上,望着窗帘布后的月光,听着人家的自鸣钟当当地打着钟点。米尼一会儿觉得好像时光倒流,一会儿又觉得好像在做梦。她问阿康:我是怎么又到了这里?阿康说:问你自己呀!我不知道。米尼说。阿康就说:我更不知道了。停了一会儿,米尼又说:阿康你嘴里不说心里还是离不了我的。阿康就说:你嘴里心里都离不了我的。米尼说:就算是这样,那又怎么?阿康也说:就算是这样,那又怎么?米尼说:没怎么。阿康就说:没怎么。米尼先笑,后是哭,她想,他们两人在一起是多么快乐,却偏偏不在一起了,为什么许多在一起快乐的人不能在一起,而在一起不快乐的人却偏偏要在一起?

她把她心里的疑问告诉阿康,阿康也说不知道。

她忽然想起了那个小姐妹,不由得扑哧一声笑了。阿康问她笑什么,她说:现在我倒成了第三者,她可以吃我的醋了。阿康就说:大家都是第三者。米尼想着做第三者的味道挺不错,被人吃醋的味道也不错,这是一种侵略者和优胜者的味道。米尼问阿康:现在还和不和她睡觉?阿康不回答,越不回答,米尼越问,问到最后,阿康只好说:你不应当这样自私,都这样自私,人和人之间还有什么温暖?米尼就拥住了他,说:我把我的温暖都给你。阿康说:你应当把温暖给更多的人。米尼感动地想:和这个男人在一起,很寻常的事情都变得有趣了,愁苦会变成欢乐。

这一个夜晚慢慢地过去了,第二天是一个星期天,米尼走在回家的路上,心里不时地想着:她怎么又和阿康在一起了?和阿康在一起的念头温暖着她的心。她想起与阿婆一起度过的那些夜晚,好像又一次感觉到阿婆湿冷的双脚,不由得打了个寒战。早晨清新而蓬勃的阳光驱散了这寒意,她心里很明朗。而她此时还不知道,她已经朝向她命运的深渊跨出了最初的步子,堕落就在眼前了。她心里只是一味地喜气洋洋,她想:过去的日子多么黯淡呀!

晚上,她又去了阿康那里,阿康像是知道她会来似的,在房间里等着。他们放着好好的夫妻不做,却偏要做一对偷情的男女。他们尝到了甜头,不舍得放手,一夜又一夜地共度良宵。他们说着世界上最缠绵的情话,你爱我,我爱你的,将过去的芥蒂通通遗忘在脑后,将来的事情也通通遗忘在脑后。他们各自度过各自的白天,在天黑以后偷偷聚在一起。白天的事情他们只字不提,谁也不问谁在白天做了什么,谁也不告诉谁在白天做了什么。他们对白天完全不负责任,只管在黑夜里做爱,这是最轻松最纯粹最忘他也最忘我的做爱。然后他们就躺在床上,等待天明,一边开着很无耻的玩笑,互相取笑并挖苦做爱时的表现。他们不知道他们已经渐渐地克服了廉耻之心,为他们不久即将来临的堕落的命运做好了准备。

过后,米尼才想起他们说的那些下流的玩笑其实是越来越迫近的前兆了。后来,米尼将在许多黑暗或明亮的日子里,对了别人或只是对了自己,回忆她所经历的一切过程。在这回忆的时候,她将对所有快乐的、痛苦的、羞耻的、光荣的,都失去了感觉,她麻木不仁,就好像那是一段关于别人的传说。可是,她却会越来越发现:一切都是先兆,她好像是从预兆里走了过来,走向命运的渊底。从此,她将在地底的深处瞻望着太阳,阴影幢幢地从阳光普照的大街上走过。

米尼和阿康度过了最最热烈的两个星期的时光,开始慢慢地平静下来。这种平静的状态使米尼感到很愉快,她想这就像劳作之后需要休息一样。她快乐地度着一个人睡在走廊上的夜晚,与阿康的那些夜晚就好像是坚实的前方或者后方一样,她以这些为资源做着美梦,容忍着哥嫂的冷脸。然后,去阿康那里,就成了米尼生活的一部分内容了。她保持了不疏不密的间歇,去阿康那里,有时过夜,有时不过夜,过夜的时候也不全是做爱。这种新奇的爱恋生活,使她身心都充满了激动又平静的感情。

这一天晚上,她去看一场工场间组织的电影,散场之后,她走在街上。路灯照耀着路面,汽车一辆一辆从她身边开过,高楼上方的天空里,悬挂有半个月亮,还有几颗星星。她觉得有些孤单,便转身上了一辆汽车,朝阿康的亭子间去了。这不是一个事先约定的晚上,所以米尼想:阿康不一定在家。可她还是决定去试一试。

阿康果然不在,她用她自己的钥匙开了门,打开了电灯,在灯下坐了一会儿,就独自上床了。就在上床的那一瞬间里,她心里升起了一个很奇怪的念头,她想:阿康有没有别的女人呢?她又想:阿康既能和自己这样,那么会不会和别的女人也这样?她还想:阿康不再是她的男人了,他是可以和别的女人的。这个念头使她兴奋起来,她决定在房间里搜索一番,看有没有别的女人留下的蛛丝马迹。她一个抽屉一个抽屉耐心地翻找着,抽屉里几乎没什么东西,阿康将自己的衣服都搬到父母家里,这只是一个空室了。她在大橱里找到了自己的几件旧衣服,衣服上散发出一股陈年的樟脑味,使她心动了一下,想起了一些遥远的情景。她将床底下也检查了一番,扫出许多棉絮一样的灰尘。

她终于什么也没有找到,可是,心里的疑虑非但没有消除,反而更强烈了。她丧气地躺回到床上,抱了膝盖想道:为什么每一回见面,阿康都要事先预约,并且要说定?假如她说"也许来,也许不来"那样模棱两可的话,就会遭到阿康果断的拒绝。她还想起她所不在场的所有时间,阿康究竟在做什么?她甚至想起阿康做爱时的种种陌生和新鲜的手法与表现,那又是与谁共同培养的呢?她这才想起在与阿康重逢之前,他们所分离的那一长段时间,那一段时间,阿康是怎么度过的呢?她心中的疑团滚雪球似的越滚越大,由于找不到证据,她恨得牙痒痒的。她捶着床绷,床绷发出"咚咚"的愤怒的声音。她在心里说:阿康,阿康,你到底在做什么?得不到一点回答,她甚至流出了气恼的眼泪,深深的妒忌折磨得她不能安眠。流泪使她渐渐平静下来,她在心里慢慢地酝酿着一个捉奸的计划,然后她便疲乏地睡着了。

大约是早晨五点钟的光景,屋里还是一片漆黑,米尼被门锁的声响惊醒了。阿康推门进来,两人都惊了一跳,阿康说:你怎么在这里?米尼说:我为什么不能在这里?两人都有些恼怒。米尼又说:你怎么这种时候回来?阿康就说:我为什么不能这种时候回来?两人就僵在那里。弄堂里牛奶车叮叮当当地推了进来,扫地的也来了。天有一点亮。他们两人的脸,在晨曦中显得很苍白。

停了一会儿,米尼缓缓地问道:她是谁?这话一出口,她的心就狂跳起来,她不知道等待她的是什么样的回答。阿康一怔,这一怔并没有逃过她的眼睛。阿康说:什么她不她的?我不懂。米尼冷笑道:你怎么会不懂呢?你心里是很明白的。阿康心里开始摇鼓了,他想:她知道了些什么呢?可是他又想:即使她知道了,又怎么样呢?他为自己的胆怯很生气,就说:看来你心里也是明白的,那我就不说了。米尼的心停止了跳动,她忍着发抖,强笑道:我并不明白,你倒说说看。阿康想:原来她只是讹自己的,不料却被她讹了出来。心里很恼,干脆横下了心来。米尼也想:原来只想讹他的,却讹出了实情。她心中的疑虑真的变成了事实,反感到一阵轻松,却又万念俱灰。

阿康脱掉西装,解开领带,使米尼又一次痛心地想道:他穿西装是多么好看!阿康往沙发上一躺,将窗帘拉开了,晨光照射进窗户,天大亮了。你确实不大明白,阿康耐心地说道,现在我们之间已经没有约束了,我们彼此都自由了,事情就是这样。对你的方针政策是,来,欢迎,去,欢送。事情也就是这样。我不要听你讲大道理！米尼叫道。可是这不是大道理，这只是一般的道理。阿康解释道。米尼绝望地哭了起来。她连连叫着"阿康，阿康"的，却说不出一句话来。

阿康等她哭得差不多了，就说：你也好起来了，我要睡了。米尼听了这话就抬起了头，眼睛里几乎冒出了火，使阿康望而生畏。她阴惨地笑了，说：好啊，来吧，我会让你睡好的。阿康往沙发里一靠，说：我不睡了。为什么不睡？米尼下了床，赤着脚来拉他，阿康竟挣脱不了，被她拉到了床边。这时候，他火了，奋力把米尼推倒，说：你叫我倒胃口！米尼躺在床上，叫道：你也叫我倒胃口！心里却痛得要命，她说：阿康，阿康，我哪一点待你不好，我总是待你那么好！阿康就说：米尼，你怎么也这样乏味，真叫我失望透了，我以为你和别的女人不一样呢！听了这话，米尼心如刀绞，觉得阿康是又知心又无情，她眼泪流了个满枕，哽咽得说不出一句话。阿康说：你在这里，我走了，你走的时候，别忘记锁门。说罢，就出了门去，留下米尼一个人在屋里。

米尼躺在床上，太阳已在前弄升起，还没来到后弄，人们踏着快乐的步子去上班或者去上学。她心里想着阿康，一会儿流泪，一会儿咬牙，有一会儿，她想把他杀了，可是又觉得杀了也不解恨，于是她就简直不知道应该怎么办了。后来，她想，她要报复他，她也要让他尝尝吃醋的味道，她也要去找个男人。可是，有哪个男人能像阿康这样呢！她顿时又觉得暗无天日了。她在床上一直躺到中午，肚子饿了，咕咕地叫了，她不知道为什么心里这么难过，肚子却还照样地饿。她起了床，穿好衣服，正准备出去，门却开了。进来的是查理。

她说：查理，你怎么来了？查理说：阿康叫我来的。她说：阿康叫你来做什么的？查理又说:不是你让阿康叫我来,说你要请我吃西餐,去"红房子"？她想把查理骂出去,又一想算了,就说:阿康一定是弄错了,不过,我可以请你吃馄饨。查理说:荤素豆皮和鸡肉生煎吧！米尼看着儿子,想道:查理怎么和阿康一模一样,一样的调皮,一样的讨人嫌。她深深地叹了一口气,锁上门,和查理一起出去了。

查理已经和她一样高了,走在她旁边,像个大男人似的。皮肤和阿康一样白,却比阿康结实,肩膀厚厚的,像一堵墙。她想道:查理已经十三岁啦！心中不知是喜是悲。母子二人乘了两站汽车,到了淮海路上的荤素豆皮店。米尼去占位子,给了钱和粮票让查理买筹子,忙了一阵,两人才算坐定。等查理的一份豆皮下了肚,米尼问道:爸爸有女朋友了吗？查理想了想说:不知道,我是不管阿康闲事的,阿康也不管我的。米尼说:像你这样的人,没有人管就完蛋了。查理说:那也不见得。然后又问:米尼你有没有男朋友呢？米尼说:我的闲事也不需要你来管。查理说:米尼,你要嫁男人,千万不要嫁阿康这样的了,你嫁个香港人吧！外公外婆不是在香港吗？让他们给你找个男人好了。米尼喝住他,叫他住口。他却一径说下去:到了那时候,米尼你发财了,阿康给你倒洗脚水你也不要啊！米尼不由得被他说笑了,嘴里还骂他不学好倒学坏。吃完了,查理抹抹嘴,说:米尼,你给我一点钱好吗？米尼本不想给他,可想想又给了他两块钱,把他打发走了,然后自己一个人慢慢地朝家走。

之后,他们有两个星期没有见面,再后来,又开始见面,在亭子间里过夜。两人对那天的争吵只字不提,就当没有那回事情。而那天的争吵就好像突破了一个禁区似的,阿康不再对米尼躲躲藏藏,解除了警戒,房间里有时会很大意地留下女人的发夹、内衣,甚至一只女人的手提包。米尼眼睁眼闭,装作不懂得这一些,也不去多想。她的缄默似乎使阿康生出了一点歉疚的心情。有一次,在高潮过去之后,他们疲倦而又有点忧伤地躺在床上的时候,阿康问道:米尼,你真的除了我外,没有别的男朋友吗?他的话几乎叫米尼落泪,她强忍着眼泪笑道:有啊,怎么会没有呢?而且不止一个。阿康认真地看着米尼的脸,又说:假如你有别的男朋友,我会有一点点难过,不过,我不会干涉你的。米尼扭过脸去,用肩膀擦掉一滴眼泪,说:你怎么会难过呢?这也太叫我好笑了。

这一回,阿康并没有与她调侃,而是很异常地沉默了一会儿,然后说:男女间的事情有时候很说不清楚。怎么说不清楚呢?米尼以很轻松的语气问他,可是心里沉甸甸的,她不知为什么,这个晚上,会觉得很伤心。阿康说:好像,有时候并不是为了男女间的事而去做男女间的事的,可是结果却做出了男女间的事。米尼笑道:你这话,听起来就像绕口令,墙上有面鼓,鼓上有老虎,老虎要吃鼓,鼓破老虎糊。阿康却继续认真地说:男女间的事看上去像只救生圈,结果却是个圈套,落进去了就想爬出来,为了爬出来,就去拉牢另一只救生圈,想不到非但没有脱出旧的圈套,反又落进了新的圈套,圈套套圈套。米尼一味地笑,说阿康绕口令的本领是一流的。阿康说:我说的真话。然后就一赌气,翻身睡了。米尼靠在枕上,望着阿康的后背,眼泪在往心里流。她问自己:为什么这样难过呢?还有什么可以难过的?她隐隐地觉得这个夜晚很不寻常,好像有什么事情要发生了。会发生什么呢?

过后的有一天晚上,米尼按讲好的时间来到亭子间里,阿康却不在。房间里有一个剃平头的瘦高的男人,有一张黝黑的长脸,鼻梁高高的。他对米尼说,阿康今晚有事,让他来与米尼说一声,他是阿康的朋友。米尼怔怔地看了他,心里觉得,她好像在什么地方见过这个男人,可她又清楚地知道自己绝对没有见过这个男人。平头将半支香烟在烟缸里掐灭了,然后说:我们找个地方坐坐去吧!说罢就站了起来,好像认定米尼不会提出异议,于是米尼就跟在他身后出了房间。他有一辆摩托,停在后弄的门口,米尼想起她进来时是看见过这辆摩托的。

她坐在平头的身后,在疾驶中不由自主地抱住了平头的后腰。平头的皮夹克发出一股皮革气味,夹着烟味,这烟味是要比阿康的辛辣得多的。风从耳边呼呼地过去,有人在看他们,她心里生出了虚荣心。平头的摩托在南京路东亚大饭店门前停住了,她就随了他上楼,有穿了制服的年轻朋友给他们开门。电子音乐如旋风一般袭来,灯光变幻着颜色,光影如水,有红男绿女在舞蹈。米尼茫茫地跟在平头后面,绕过舞池,她感觉到灯光在她身上五彩地流淌过去,心想:这是什么地方啊!她险些儿在铺了地毯的台阶上绊倒,然后就在窗下的座位里坐下了。

窗外是一条静河般的南京路,路灯平和地照耀着,梧桐的树影显得神秘而动人。米尼惊慌地发现,上海原来还有这样美丽的图画,她在此度过了三十余年却刚刚领略。音乐使她兴奋起来,有一会儿她甚至觉得很快乐。她已经有很久不曾快乐了,快乐离她多远啊!

她想找些话和对面这个男人说说,可是这男人很沉默,抽着烟。她就喊他:喂!他说:有什么事?米尼问:是阿康让你带我来玩的吗？是的。他回答。喂！她又喊他,你知道阿康去什么地方了吗？他说:阿康没告诉我,只说他有事,请我帮个忙。米尼说:你们是怎样的朋友呢？可以帮这样的忙,阿康也帮你和你的女朋友玩吗？他笑了笑,没有回答。米尼见他有些心不在焉,自尊心便受到了打击,就再喊他:喂！你要是觉得陪我玩就好像上班似的很无聊,我们也可以回去的。那男人回答说:这和上班是两回事,互不搭界的。说完又没话了,眼睛看着舞池,灯光如烟。

这时候,米尼觉得有点受这男人的吸引,就不再多话,静静地坐在那里。坐了一会儿,又忍不住了,问道:你在想什么事呢？那人就说:听音乐呢。米尼说:耳朵都要聋啦,说话也没法说。他就让她不要说话。米尼很无趣地住了口,想这男人为什么这样严肃。他招手叫来服务员,又要了几种饮料和点心,米尼想这人出手要比阿康阔绰得多了。她渐渐地有些消沉下来,默默地吸着塑料麦管,望着窗外,电车无声地驶过,载着看完电影回家的人们。这时,他却对她说话了,问她还想吃些什么或者喝些什么。他的态度里有一种温存的意味,使米尼受了深深的感动。他竟还提议带米尼去跳一圈舞,当米尼紧贴在他冰凉的皮夹克的胸前,感受着他的搂抱的时候,她有些昏昏欲醉。她在心里叫道:阿康,没有你,我也很快乐！回到座位上的时候,两人就没有再分开,而是胳膊环着胳膊坐在了一处。米尼想:这一个男人是谁呢？

那人说要走,米尼就跟他站起身走了。摩托的发动机声划破了夜晚的安宁,马路两边的树木飞快地掠过,当摩托从一辆轰然而来的载重卡车轮下一越而过的时候,她心里升腾起一股快要死了的快感。哦,这个晚上啊!她昏昏沉沉地想着,就到地方了。那人停下摩托,熄了火,然后挽了她的一只胳膊送她上楼,开门进了房间,却并没有走的意思,而是脱了夹克坐下了。米尼喝醉了似的,靠在床架上,对那人说:谢谢你,今天我很开心,开了眼界。那人笑了,开始抽烟。米尼嗅着他的烟味,有种心荡神怡的感觉,微微笑着。

那人慢慢地吸完一支烟,然后站起来,开始脱衣服。米尼问:你要做什么?那人只是笑,他的笑容多了起来,不像方才那么吝啬了。他继续脱衣服,米尼有些糊涂,想着他究竟做什么。房间里充满了从他夹克上散发出来的皮革气味,使她开始头痛。当他脱到只剩一件衬衫的时候,米尼突然间明白了,她从床上跳起来,叫道:你走,你走开!那人伸出一只手掌,就将米尼推倒在床上了。米尼哭了,说:阿康是让你来干这个的吗?又说:阿康你到底要做什么呀!可是她不再抗拒,那人的爱抚使她很舒服,那人像是很懂得这一行的,他使米尼的内心充满了渴望,米尼最后地嚷了一句:阿康,你等着瞧吧!就再也说不出话来。

那人赤裸着,却独独穿了一双藏青的锦纶丝袜,米尼奇怪自己这样神不守舍时却还注意到了这个。那人的精力和技巧都是超凡的,米尼忽而迷乱,忽而清醒。那人的手法使她不知所措,傻了似的,这却是天下第一次的体验。她没有任何念头,只剩下感觉,她注意力空前地集中,不为任何事情分心,眼睑底下只有一双蓝色光亮的袜子在晃动。那人的持久力是空前的,并且能有一种长久地维持在高潮之中的本领。米尼气息奄奄地伏在枕上,那人却大气也不喘一声,翻身坐起,自己拉开被子盖上,靠在床架上,猝然间,他哼起了一支歌曲。那汹涌澎湃的痉挛渐渐平息了,米尼听着那人唱歌。电灯静静地照耀着房间,她缓缓地想着一些没有边际的事情。这时候,她明白了一桩事情,那就是,阿康请来这个人向她还债。从此,阿康与她,就两清了。她收干了眼泪,抱着枕头静静地听那人唱歌,心中没有悲也没有喜。

那人唱完了一支歌,低头看看她,说:你可不大行啊!而你又不是小姑娘了,所以,你就比较落后了。她听那人说话,就好像在听外国人说话,竟不能懂。她问道:你说我什么不行啊?那人就说:功夫不行。米尼心想:阿康在什么地方认识这个流氓的呢?可是嘴里却说出了那样的话,她说:那你做我的老师好吗?那人说:歇一会儿吧。歇过了一会儿,他真的又动起手来。这一次,米尼用了心思,去揣摩他的心意,并作出反应。

结束之后,那人说:你还算聪敏。然后又加了一句:你就要靠这聪敏来弥补。米尼觉得他的这句话说得很精到,暗中有些佩服。停了一会儿,米尼又提出了那样的奇怪的问题:阿康也和你的女人睡觉吗?那人不回答这样的问题,米尼也不追问,又说:阿康的功夫在你看来好打几分呢?那人说:你除了阿康以外,还有没有别的念头呢?有。米尼说。什么?那人问。你呀!米尼笑答道。那人也笑了,说米尼实际上要比看上去有趣一些。

夜里一点钟的时分,那人起来穿好衣服走了。他像猫一样悄然无声地下楼梯,来到后弄的窗下,只听见摩托发动了,嗖一下出了弄堂。米尼静静地躺在电灯下,听着他的摩托声在大街上呼啸而远去,心里漠漠的,什么东西也没有。后来,她睡着了,梦见阿康走了进来,笑嘻嘻地问她:怎么样?她朝阿康做了一个极其下流的手势。这手势在今晚之前,她是不懂的,这使她动了一下,醒了。屋里空荡荡的,一盏电灯照耀着。阿康已变成极其遥远的事情。一只猫在后弄里人家的墙沿上叫着,然后跳了下来,米尼听见它身子落地时柔软的声音,心想:一只猫。过了许久许久,她才想起来,阿康在拘留所里,曾经遇到过一个平头。

# 第 二 章

米尼再一次和阿康见面,是和平头在一起。她后来想:这一定是他们事前就约好的。那天,他们在另一家音乐茶座里,听平头喊着"小姑娘、小姑娘"的,不知道在喊谁。回头一看,却是阿康带了个女孩,年纪轻轻的,在不远的地方。他们说:多么巧啊,怎么你们也在这里?然后就四个人坐在了一张桌子上。那时候,米尼已经和平头好得一个人似的了。平头给她钱用,她也就不去上班,工场间的情景想起来就像做梦一般。静下来,她想过一个问题:平头手中的钱是从哪里来的?她猜平头也许是一个落实政策的资本家的小开,或者就是强盗。她想了一阵没有想出答案,就对自己说:何苦去管这些闲事。就把这个问题搁开了。

他们四人坐在一起的时候,阿康的眼睛不看她,看着别的地方。米尼说:阿康,怎么样?他说:一般化。米尼说:我倒是很好。他就说:那好。平头很豁达,在阿康的面前,并不做出与米尼亲热的样子,米尼倒想与他做得亲热,却总给他回避掉了。他还把阿康的女孩邀出去走走,让他们单独说话,米尼却说:我也要去,就跟了出去,剩下阿康一个人。走到门口,阿康却也跟了出来,四人就在马路上逛着。有时候这两个人走在一起,有时候那两个人走在一起,米尼却不曾和阿康单独走到一起过。米尼想和阿康在一起,阿康却总是走开。米尼就在背后说:阿康,你不认识我啦?阿康就说:认识认识。米尼哧哧地笑。

后来,他们四人逛得有点厌了,就商量去看一场电影。电影是一场老掉牙的电影,只有那女孩说没看过,于是,四人就买了票进去。米尼坐在平头旁边,平头坐在女孩旁边,女孩坐在阿康旁边。平头抱了胳膊打瞌睡;女孩认真地看电影,一边嗑瓜子;米尼和阿康坐在那里,眼睛望着屏幕,心里却想着各自的心事。他们中间隔了两个人,谁也看不见谁。电影银幕忽明忽暗,米尼盼着电影快快结束,又不知结束之后该做什么。她觉得这样坐在电影院里非常浪费时间,耽误了什么事情似的,她有什么事呢?

阿康起初还很安心,黑暗隔离了他们。可是当他逐渐习惯了这黑暗,于是这黑暗变得明亮起来的时候,他却又更加明确地感觉到了米尼的在场。米尼的在场有一种威慑力量似的,使他越来越感到烦躁不安。但这只是他堕落的最后一步,走完了这良心上的最后一步,他就彻底沉沦到底,也就安宁了。

平头睡熟了,打起了响亮的鼾声,女孩去推他,他却一头栽倒在女孩的怀里,女孩也不推开,用一只小手慢慢地摩挲他短短的发茬。他们两人的亲昵,使阿康和米尼显得有些孤独,他们默默地分别坐在这支小小队伍的两头,有一阵子心里感到了难过。可是紧接着电影就结束了,灯光大亮。平头睁开眼睛,左右看看,然后一跃而起,精神抖擞的,马上要去作战的样子。那女孩很满足地站起来,眼睛还看着屏幕,将最后一行片名看完,才挪动了脚步。

他们站在电影院的台阶上,再一次商量要去什么地方。女孩很天真地仰头看看平头,又看看阿康,十分信赖的样子。米尼嫉恨地想道:她是多么年轻啊!平头说:我有一个地方,可在那里共同度一个快乐的夜晚,去不去?女孩说去,阿康有点犹豫,米尼则不懂得"共同度一个快乐的夜晚"究竟是什么意思。平头用长长的胳膊将米尼揽住,不由分说地推她去了。

那个地方在江对岸,他们四人乘上轮渡,渐渐地离了岸。就在离岸的那一刻里,灯光一跃而出,在米尼眼前升腾而起,一览无余。她望了那岸灯光渐渐地远去,与她相隔了一条黑色的涌动的江水。星星在这个城市的上空慢慢地铺陈开去,布满在了她的头顶。那岸已在极远处了,在黑暗的天水之间留下一道溶溶的亮线。

轮渡靠岸了,他们四人相继上了岸,天上有一轮月亮。他们走在月光下荒芜的道路上,两边是残砖与废瓦,一幢幢新房矗立着,远处有工厂机器的轰鸣声,天际有晚霞般的光芒。他们四人都有些沉默,尾随了平头走过一片瓦砾堆,又来到一个空地。他们四人漫漫地走在空地上,乱了队形,这时,平头唱起歌来了。歌声在空旷的野地里传了很远,米尼打了一个哆嗦,然后就平静了下来。平头很熟练地在新楼之间穿行,走上了一道黑暗的水泥砌的楼梯,楼道的墙上有一面镂空的窗洞,用瓦片搭成美丽的窗棂,月光透了进来,照亮他们的面孔,花影在他们四人的脸上移动。他们一直上到顶楼,平头打开了一扇门,又拉亮了灯。这是一套两间的新公房,墙壁还未装修,粗糙的地坪上留着石灰白色的斑迹。两个房间各有一张床,还有桌子和椅子,一些简单的家什。厨房的煤气灶上,有一个水壶,还有几副肮脏的碗筷。他们四人先在朝南的一间里坐着,两个男的抽烟,女的则嗑瓜子。米尼问这是谁的房子,平头说这是他一个朋友的,分配了房子,还没有入住,空关着,有时就借来用用。米尼揭开花布窗帘朝外看看,对面的几幢楼里,亮着几个窗口,楼顶上竖着几架电视天线,衬在深蓝的天幕前。她想她怎么到这地方来了?后来,平头对女孩说:去烧一壶开水。女孩去了之后,又回来要火柴,拿了火柴出去之后就没再回来。

他们三人又坐了一会儿,平头站起身说,要去一趟厕所。推开房门走了。房间里就剩下阿康和米尼了。这时候,米尼正说一件事情说到一半,就继续说着,说完之后就沉默了下来。沉默了一会儿,米尼说:这两人去哪里了,怎么还不回来?阿康不作声,却笑了一下。两人又坐了一会儿,米尼就站起来说:我去找他们。厨房里并没有他们的人影,煤气灶上烧了一壶水,已经响了,厕所里也没有人,而另一个房间的门却关着,黑着灯。她推了推门,没推动,门从里面插上了。米尼顿时明白了,不由得怒火冲天,她敲着门,叫道:平头,平头,你出来!里面没有一点声音。她急了,就用脚踢门,接着叫:平头,平头,你还不出来吗?门里静静的,似乎并没有人在。

米尼深深地觉着受了欺负,她想:什么烧水,什么上厕所,原来都是骗局,是一个大阴谋。她愤恨得失去了控制,眼睛冒着火花,她破口大骂,骂这男人是流氓,骂这女人是娼妇,骂这是一对狗男女,在一起做最下流、最无耻的勾当。她用头撞着门,把门撞得咚咚响。阿康见她闹得不像话了,就出来拉她,叫她不要这样,这样会把邻居惊起的,那就麻烦了。她挣脱着阿康,尖声叫道:我才不怕呢!我就是要叫大家都来看看,看这对狗男女在做什么事情,看这对狗男女在做这种事情时是什么样子的!她的声音那么凄厉,神情又那么癫狂,她用留长的指甲剜阿康的脸,又去抓门,门被她抓得"枯吱枯吱"响。里面的人有点吓坏了,大气不敢出,像死了一般。

阿康用尽全力捉住她的手,将她拖回房间,推在门上,用身体压着她。她感觉到了阿康熟悉的身体,她恍恍地想:这身体已有多么久没有触摸了啊!阿康顶住她的胸脯,用嘴堵住了她的嘴。阿康嘴里那股熟悉的气息使她虚弱下来。阿康放开了她的手,抱住了她,抚摸着她。阿康的手法是那么熟悉,是她刻骨铭心的,永远无法忘怀的。阿康的手法又比以前更温柔,更解人意了。她渐渐地忘记了方才的事情,抱住了阿康的脖子。阿康将她慢慢地拉到床前,开始脱衣服。就在阿康的身体脱离开她的那一刻,她陡然又清醒起来,她哀哀地哭骂着:阿康,你这个不是人养的东西!阿康,你这个狗养的东西!

她决定不好好地与他合作,要叫他半上不下地难受。可是阿康的身体将她的意志一次又一次地摧毁了,她无法与他捣蛋,她和他捣蛋就是在和自己捣蛋。与平头做爱之后再重新与阿康做爱,这感觉是新奇无比,使她满心地欢喜。由于平头加强培养了她的领悟力和创造力,她从阿康身上加倍得到了快乐。她也使阿康感到了吃惊,她感受到阿康逐渐增高的激情和喜悦。他俩将他们间的一切恩怨都忘了,尽情地作践着对方和自己,终于到达了最高的境界,又从最高境界中跌落下来,像两条断了脊梁的落水狗一样,趴在枕上喘息着,欢乐的热情像落潮一般一层一层退去。

米尼喘息了一会儿,忽然轻轻笑了起来,这笑声使阿康感到毛骨悚然。米尼说:你注意到了吗?阿康,那样的方法是我新学来的。阿康说:你总是很勤于学习的。米尼又说:我现在晓得,这事的学问很大的,你却一点不教我。她抚弄着阿康,阿康说:还是你教我吧。好啊!米尼说,我还会另一种方法呢!阿康感到了骇怕,可他知道骇怕是没有用的,只有反攻为守,才可摆脱困境。他想,他这一辈子总是以防守为主,结果搞得很被动。他俩一上一下地对视了一会儿,眼睛里射出了不友善的光芒,然后,便开始了第二个回合。米尼一开始还占着上风,可渐渐地就抵挡不住了。她说不出是喜是悲,只是连连地叫:好啊!阿康,好啊!阿康。阿康自始至终沉默着,脸上还带着隐约的笑容。

夜深了,风在窗外嗖嗖地游荡,船泊在渡口,等待凌晨时分第一班过江的航行。他俩不知什么时候沉沉地睡去,床上的被褥被糟蹋得很不像样。米尼觉得自己的身体变成了一个散了架的破船,在波涛里没有目标地漂浮。不知他俩中是谁拉灭了电灯,黑暗中有一只手挽住了她脖颈,她忽然醒了,发现身旁躺的是平头。平头在她耳边絮絮地说,希望她能理解,理解是最重要的;大家都是祖国的男青年和女青年,不应当把你我分得太清楚,个人和集体的关系要摆正。

米尼心里很平静,觉得平头有点聒噪,不耐烦地扭过头去,平头却又以他的粗犷和果敢去爱抚她,使她又转回头来。平头与她玩出百般花样,使她欲罢不能。在她比较清醒的间隙里,她便想道:原来这就是大家共同度过一个快乐的夜晚。她不知道这是不是快乐的夜晚,可是说它不快乐也是不公平的。米尼渐渐地陷入一种心荡神怡的迷乱之中,她惊心动魄地哀鸣着,使得久经沙场的平头也不禁觉得有些过分,想罢手,米尼却不放过他了。

　　晨曦一点一点照进窗户,将这一对精赤条条的男女照得微明。第一线阳光射过来了,灼痛了米尼的眼睛,她这才像泄了气的皮球一样瘫了下去。停了一会儿,她笑微微地问道:平头,我怎么样?平头喘息未定地说:你,一级啦!米尼这才满意地合上了眼睛,当她醒来时,平头还在她身边睡着,像一条死狗一般。窗外在下着淅淅沥沥的小雨,那屋也没有一点声息。

　　下午四点钟的光景,他们四人摆渡回到了浦西。远远看见外滩花红柳绿,游人们安闲地凭栏眺望对岸,游轮汽笛长鸣,正驶向海口,江与海的分界线在遥远的吴淞口闪烁。他们四人下了船,走到南京路,马路上人群熙攘,万头攒动。他们四个,男人和男人在一起,女人和女人在一起,在商店里穿进穿出,最后来到新亚饭店三楼,在靠窗的桌子前坐下了。他们静静地坐着,等待上菜,偶尔交谈几句,不交谈的时候,便显得格外的默契。吃完饭后,他们四人就分手了,阿康和那女孩去,平头送米尼回家。

　　此后,这种四个人的游戏又有过一回。然后,有了一段不聚首的日子。他们各管各的,米尼不晓得他们在干什么。后来,平头又邀她出去了,这一回只有三个人,那第三个人从未见过面,平头介绍说是他的一个朋友,从外地来的。他们三人坐了一会儿,平头就说有事要先走,请米尼代他好好招待朋友。她跟那朋友来到他住的一个旅店,一进房间,那人就要动手,心急火燎的,米尼拗不过他,他的样子也使她起性,两人过了半夜。分手时,那人在米尼口袋里塞了几十块钱,说给她买夜宵吃的。米尼淡淡一笑,心里全都明白了。

　　下一回遇到平头时,两人绝口不提上回的事情,僵僵地走了一段路,待到平头要与她上床时,她说:你既要赚钱,就当节俭一些,少吃一些,多卖一些。平头脸色一变,甩手要走,米尼却又把他拉住了,说:开个玩笑罢了,我这个人你又不是不知道。平头站住了,米尼又笑道:再说我也不好光吃白食的,怎么也要付出劳动,按劳分配嘛!平头又变了脸,米尼赶紧又安抚住他,平头这才没走。两人虽说过了一夜,却走过场似的,没多大意思。以后也就淡了,而从此,两人间就建立了另一项密约:只要平头来个电话,两人就在某处见面,等第三个到场后,平头就退出。还有几次,平头连到都没到,只说好时间地点,由米尼单独赴约。这个女人的精明、冷静、遇事不慌,使平头很放心。而米尼从此也明白了,平头究竟是靠什么为生计的。那么阿康呢?她有时候这么想。

有一次,她曾经问过平头,阿康是不是也做这种事情。平头反问道:哪一种事情?米尼说:就是这样的事情。平头微笑不语。过了一会儿,他说:大家都是一条船上的人,我们应当团结。在有一次她和平头之间气氛比较融洽的时候,她还问过他,他第一次来找她时,阿康是如何授意的。平头起先不肯说,米尼就冷笑道:其实我也不必问的,这是很明显的事情,就是请客和回请一样的勾当。平头就说:并不是那么回事。那是怎么回事呢?米尼追问。平头想了一会儿,说:告诉你也没什么,你是个聪明人,样样事情都瞒不过你的。

原来,阿康与他成为好朋友以后——阿康与他成为好朋友既可追溯到很远,也可说是最近的事情,阿康把他自己的经历都告诉了平头,很沉重地说他感到对不起米尼。说到这里,平头转脸对米尼看了一眼,说:阿康其实待你不错,这个我最知道。米尼勉强笑道：我倒不知道了。平头继续说，当阿康说了他对不起米尼以后，又说，现在什么也无法挽回了，只有一条路。平头问什么路，阿康说，假如米尼也另有一个男人的话，他良心上才可平静，米尼就冷笑。平头说：你不要冷笑，阿康这样想是对的，这样你们就平等了，谁也不吃亏了。米尼说：然后你就担任这个任务了？平头笑了，说：米尼你的嘴真是刻薄，不过，我也正是喜欢你这个。米尼冷冷地说：不需要你喜欢。平头只管自己说下去道：老实讲，第一次看见你的时候，是很失望的。你不年轻了，也根本说不上漂亮，你知道，在上海这个地方，年轻漂亮的女孩子是很多的。我觉得和你在一起，又浪费钞票又浪费青春，我是看在阿康面子上的。阿康是个聪明人，你也是个聪明人，我喜欢聪明人。后来，我就服你了。谢谢。米尼说。你不相信我？平头忽然说，语气里流露出一种少有的委屈，不由得使米尼心软了。

当时，是一个闲暇的夜晚，米尼和平头躺在亭子间的床上。这个亭子间，米尼和阿康平均分配使用，至于在里面做些什么，他们彼此从来不问，也很少照面，常常是由平头在中间传达意见。这晚他们只稍稍做了些那类事情，然后就躺在各自的枕上说话。他们说了很多，平头甚至还说了些他自己的事情给她听。他说他这三十多年里，在少教所、在劳教农场、监狱、拘留所的时间，前后加起来倒有一半了。他从这些地方进进出出的，门槛都快踏平了，他给米尼看他头上的伤疤，还有手腕上手铐留下的痕印。米尼说：你这家伙，终有一天会死在枪口下的。他有些得意地笑了。米尼又说：阿康跟了你要倒霉的。他反驳道：不见得。你也要使我倒霉的。米尼再说。你这样说倒叫我没有话说了。平头说。为什么没话说呢？米尼问。

平头先不答,停了一会儿才说:我觉得你们其实并没有什么损失,你想想,女人总是要嫁人的,总是要跟男人的,现在不也是和男人在一起,不过数量上多一点就是,好比是批发改零售罢了。你跟了一个男人要烧给他吃,洗给他穿,你还要上班赚工资,养了孩子自然也是姓他的姓,一样陪他睡觉,你能不陪他睡吗?而现在,反过来,男人买给你吃,买给你穿,你说哪样合算?你不要冷笑,我说的是实话。你看,这两种价格的差距是多么大啊,这是多么不合理的事情啊!这是必须要改革的事情。

被他这一番道理深入浅出地一说,轮到米尼没有话说了。所以,平头总结道,你不应当恨我,我们是一条船上的人,你要有主人翁的精神,要有当家做主的精神,要把这条船看作是你自己的船。当然,我们会有许多倒霉的日子,可是,噩梦醒来是早晨,光明总是在前边。平头激昂起来,米尼就叫他不要发神经病,平头抱住了她,说:和你在一起,我心里好像定了许多。米尼挣脱着,说不要听他这些骗人的鬼话。他不让她挣脱,说:米尼,你是一个很有用的女人,不是那种只会给男人找麻烦的女人。当然,开始的时候,你还有些糊涂,在一些事情上不够明白,可是现在,经过我的培养和教育,你简直没有缺点了。

米尼好不容易挣脱出来,扭过脸不理他,平头凑过脸去又说:你不是那种只认识钞票的女人,在我这里的女人,全是只认识钞票的女人。米尼转过脸说:说到钞票,我正想同你说呢,你也给我找一些宾馆里的生意,也让我们看看外汇券是什么样子的,找来找去都是些外地人,住在狗窝一样的旅馆,一碗鸡鸭血汤做点心。这话伤了平头的自尊心,他沉下脸,半天没有说话。米尼推推他的肩膀,说:不要紧,继续努力。平头拨开她的手,反身却扼住了她的脖子,咬牙道:你看不起我?你看不起我,我就扼死你。米尼被扼得说不出话来,双脚踩水车那样蹬了一会儿,平头才松了手,翻身下床,穿上衣服走了。米尼喘过气来说:再会!平头没有回答,开门走了出去,不一会儿,窗下就响起了摩托车起火的声音。

这一个不欢而散的夜晚,他们互相间了解了许多。

后来,阿康开始和米尼联系了,他通过查理去找米尼。只要给查理钱,查理什么事都愿意干的。而且,慢慢地,他学会了两头拿钱,在米尼处说阿康让米尼付钱,阿康处则说米尼交代阿康付钱。他们上了几次当后就学乖了,两人约定,不论怎样,这钱都是由阿康支付,他才没了辙。可是他却提高了价格,说:如今样样东西涨价,这一样不涨是不应该的。阿康火了,就说:你不去叫米尼,我自己去。查理就很狡黠地说:上次我去叫米尼,门口碰到大阿舅,大阿舅问我,叫米尼做什么?我想了想,就说——阿康笑了:大阿舅会和你说话?大阿舅看见你也未必能认得你的,大阿舅是连米尼都快认不得了。查理就说:他认不得我,我认得他呀!阿康听了这话,就沉默了。停了一会儿,又笑了,说:查理,我没想到你是真长大了。查理也笑。他现在基本上不去学校读书,老师找到家里来的时候,还没开口,那父亲就问:查理在学校怎么样啊?老师说:查理好久不来学校了,你们要管管他。家长就说:他要不回家,归我们父母管,不去学校,则归老师管,家,他倒是天天回的。老师从此也就不上门了。

查理把米尼唤出来,阿康再和她一起去指定的地点,路上,他们会说一些平常的话,阿康还买一些东西给米尼吃,就好像一对朋友在逛马路或是去电影院一样。米尼问阿康还上不上班了,阿康含糊其辞,或者反问说:你还上不上班了?两人就笑。上班这一桩事变得很荒唐似的,像是另一个世界里的事情。阿康有时候也说,准备辞去工作做生意。米尼问他打算做什么生意,他说做水产赚得多,风险却大,他身体也挡不住,还是做百货比较好。米尼问他什么时候辞职,他就今天推明天,明天推后天。米尼晓得他只是说说而已,干是干不成的,问他不过是逗他玩玩。否则,在一起说什么呢?他们已经很久没有在一起过夜了,过夜的事情也变得很遥远。

有时候,晚上太累了,白天米尼就在亭子间里睡觉,如果白天在家里走廊上睡觉,是会引起怀疑和冷眼的。她睡在床上,阿康就坐在沙发上,到了中午去买一些生煎包子来,米尼坐在床上吃了,再继续睡。阿康不去碰她,她睡着的时候,他就抽烟,或者出去兜一圈再回来。这种时候,他们会想起,他们曾经是一对夫妻时候的生活。尤其是傍晚的时间里,窗外再下几点小雨,米尼懒洋洋的,赖在床上不肯起来,阿康靠在沙发上,等她起床。她慢慢地穿衣服,穿长袜,化妆,然后两人一起出门。天已经黑了,雨点打在他们合撑的伞面上,啪啪地清脆地响。米尼挽着阿康的胳膊,走在湿漉漉的弄堂里。街上刚亮起路灯,水汽溶溶地照耀着。他们从新造的中外合资的大饭店门前走过,锐利地辨认出那些踯躅在附近马路上的女孩,她们大都摩登而高傲,使米尼自愧不如。她惊奇地想道:即使在地狱里,人似乎也分为一二三四等的,这世界相当奇怪。

他们在一个中等的譬如"绿杨村"那样的饭馆里和他们要见的人碰面,然后就坐下来吃饭。米尼对这人稍作审视,猜想这是哪一类的男人,然后她便可对症下药。有时她会很自负地想道,她这一生与男人的经验,可抵过别人一百次的人生。米尼是个肯动脑筋的人,她常常在想:男人是个什么东西?她觉得她与男人在一起,她是个人,而男人则更像是畜生。只要将他们推过一道界线,他们便全没了理智,全没了主意,他们就变成了狗样的东西。米尼的工作是有效地将他们推过这道界线,让他们做一次畜生,看了他们不能自已的癫狂模样,米尼觉得非常快乐。她从心里很轻蔑他们,他们大都不是她的对手,她几乎不费吹灰之力便可收拾了他们。所以,她想:平头是男人里面数一数二的。自从那次分手后,她有较长一段时间没有见到平头,过了一些日子,阿康也不见了。她怕他们会被抓进去,她觉得他们,还有她,被抓进去是迟早的事情。

过了几天,她遇到了一起去浦东玩的那个女孩,女孩说,他们并没有进去,她这才放心。然后,她们两人就结伴到舞厅或茶座门口去。她们站在那里,只需做出一些会意的眼神,不久就会有单身的男人来邀她们进去。虽然赚不了什么钱,却可消磨一个夜晚。她们称此为"斩冲头"。这年月,上海的"冲头"是很多的,可谓要多少就有多少。平头是不大鼓励她们出去"斩冲头",说她们会吃亏,实际上他是怕她们得到更好的机会而摆脱他。米尼对这一点很清楚,她明白这也是她制约平头的条件。而她并不太热心于这种活动,是因为这样自己出马比较起有人搭桥,就不够体面,身价要跌落很多。她只是为了解闷,偶尔才去那么一二次。否则,晚上做什么呢?一人独处的夜晚,使米尼感到惧怕,她总是要逃避这样的夜晚的。

有一天,阿康来了。带了一笔生意,是在一个朋友的家中,他们在里间,阿康在外间里等,然后和米尼一起回家。他告诉她:平头也回来了。这些日子,他们原来是去了深圳。他们有一个计划,这计划就是:去深圳做一笔生意。第二天,平头果然来找米尼,带给她些衣服鞋袜,也提起了深圳的事情。深圳这个地方很使米尼向往,她想这是一个不寻常的地方,上海已经使她腻味,在那些客栈似的旅馆里干那些勾当,赚个二十三十,也使她腻味。而深圳却有那么多美好的传说。平头说在那里生意要好做,收入也可观,当然,开销会比较大的,不过,他们可以勤俭办事,先苦后甜。他们很兴奋地讨论着,就好像一百年前外省人要闯上海滩的情景。

　　这天晚上,他们没有分手,两人渡江到浦东那房子里过夜。前一次不欢而散的情景他们只字不提,只向往着美好的未来。平头说:怎么样?米尼说:随便。然后平头就开始脱衣服,米尼躺进平头的怀里时,发现自己这些日子是在怀念他了。阿康呢?她问自己,回答是不知道。平头使她又激动又快活,她情不自禁地对他说:平头,你是在哪里学得这样流氓啊!平头不说话,只笑。她渐渐地癫狂起来,就像她使那些男人变成的那样。她越来越失了控制,所有的意识都从她全身上下一点一滴地出去了,她也变成了一个畜生,就像她让那些男人变成的那样。她完全失了廉耻,一遍一遍地请求平头。只有平头才可使她癫狂成这个样子,使她达到畜生的境界。而她多么情愿做一条狗,在平头脚下爬来爬去的。只有这时候,平头才可主宰她,别的时候,她是要比平头聪敏多的。她癫狂得厉害,生死都置之度外了,她做着最危险的动作,连平头都骇怕得惊叫起来。这时候,外面阳光普照,黑夜早已过去,在明亮的日光下,这一切显得分外可怖。阳光穿过窗棂,在他们身上画下一道又一道,好像两匹金色的斑马。

三天之后,他们出发了。他们共有六人,除了平头、阿康、米尼和那女孩外,又加上了查理。平头说查理是个孩子,有些事情更易遮人眼目,何况他是那样机灵,什么都懂,懂得不比大人少。此外,还有一个女孩,大家都叫她"妹妹、妹妹"的。他们是乘火车去的。平头鼓励大家,生意做得好,回来就乘飞机。他们中间大多数人都没乘过飞机,一听就很高兴。旅途是快乐的,他们怀了美国人开发西部的探险心情,把许多好梦押宝似的押在了这次旅行上了。他们交流着关于深圳的许多传言,与上海做着比较,一致认为:上海是一日一日地烂下去,深圳是一日一日地好起来。

查理像个伙计似的,尽心为大家服务。他跑前跑后地去倒茶送水,报告餐车开饭的时间和菜单价目。他已经十五岁了,看上去则有二十岁,他的体格特别强壮,胸脯上有着厚实的肌肉。他这十五年里,前后加起来大约有三年的读书的日子,他识的字加起来算大约有二百来个,其中还有几个英文字,比如"Made in U.S.A."或者"Made in Hongkong",他在计算方面的知识主要体现在钞票的进出方面。在这一点上,没有人能骗过他,任何混乱的账目到了他这里,马上就一五一十地非常明白了。他对钞票是绝不含糊的,这在他是整个世界和人生中的头等大事。关于钞票的观念代替了他的一切道德、伦理、是非、荣辱的原则。他的父亲和他的母亲对于他就像是两个钞票的发源地,这是使他尊重他们的基础。他不管他父母是做奸商还是做婊子,只要有钱供给他,这就是称职的父母,他就是幸福的孩子。他是比他的父辈信念更单纯更坚定的一代流氓。像他的父辈们还有着许多别的杂念,譬如爱情,譬如称霸,譬如践踏别人,等等。而到了他,一切都简化为钱了。

他除了打杂外,还会向那两个足以做他姑妈的女孩献殷勤,使得他父母在旁看了心花怒放。他抽烟已抽得很得要领,早已过了弄虚作假和炫耀卖弄的阶段,他擎着烟和父亲接火的情景,使米尼看了非常感动。天黑的时候,他们都困乏了,你靠他,他靠你地打着瞌睡。米尼的头从阿康的肩膀上滚到平头的肩膀上,她迷迷盹盹的,忽然时光倒流,十六年前夜行客车的情景似乎回来了,那是一列从蚌埠到上海的火车。她昏昏地想道:这是在往哪里去啊?窗外吹来的风越来越潮湿温暖,她产生了想洗一个澡的愿望。

天亮时分,他们到达广州,没出车站,等着上午十点钟那班去深圳的火车。女人们在厕所里做了一番整顿,一改倦容而容光焕发。她们想到这已经到了新世界的门口,便情绪高昂起来。他们吃着干点和饮料,说着一些互相鼓励的笑话,然后就上了火车,准点到达深圳。出了站后,平头就叫了两辆出租车,六人由平头和阿康带领,分别上了车,从车站出发,驶上宽阔平展的街道。他们看见了路边的商店,还有远处的高楼以及一些工地。汽车飞快地掠过,使他们来不及领略繁荣的街景,已经绕过一片瓦砾场,来到一条小街上。

平头说,这就是他们投宿的地方。一个老板娘出来迎接他们,穿了一身绸衣绸裤,说着难懂的广东话。她带他们走上临街的木板楼梯,很慈悲地说,决定给他们一个豪华的套房,因见他们都是老实本分的北方人。套房是两个相通的房间,总共大约二十平方左右,板壁上糊着塑料墙布,各有一顶吊扇、几张床,板床上挂了蚊帐。老板娘又带他们去洗澡间,在楼下,面对后街,一间蹲式的厕所里,有一个水龙头,还有一些塑料桶和舀勺什么的。然后,他们回到了楼上,坐在里面的一间里,神情有些黯淡,他们觉得有些孤独,茫茫地想道,等待他们的将是什么样的命运呢?窗下有人叽叽嘎嘎地说话,还笑着。米尼伸出头去,见石块路面的两旁,万国旗般地挂着五色的衣衫,人们在衣衫下穿行或伫步。路面湿漉漉的,黏着一些鱼肠样的东西,散发出腥味。太阳高照,天空却布满了乌云。平头说我们出去吃饭吧,他们这才有点振作,将东西丢在房里,锁门出去。为了激励精神,平头带大家在豪华的酒楼享用广东式的饮茶,使他们感到新奇。这是下午四点钟的光景,街上依然红日高照。吃完茶,他们再去逛商店,天就渐渐黑了,华灯初上。

深圳的夜景使他们着迷。他们一刹那间变成了土佬。他们说他们没有来错而是来对了。香港来的歌星在舞厅里引吭高歌,迪斯科舞池前的电视屏幕上播放着香港赛马的实况,几股车灯汹涌而来,在路面明亮的反光里迅速流逝。他们在街上走了很久,来来回回的,平头指着那些茶色玻璃后面幽暗的门厅,对三个女人说:你们会成为这里的常客,只要你们卖力。女人们说:那就看你们的魄力了,可千万别都找的是建工队里的乡下人,如果那样,别怪我们不给你们面子。平头说:只要你们给我们面子,我们也会给你们面子的。我们要不辞劳苦,走共同富裕的道路。她们说:我们还要互相照顾,做好一条船上的人。

这天,他们都很劳累,说出话来难免有些颠三倒四,前言不搭后语。他们微微有些踉跄地走回住处,那条小街上忽然变得灯光辉煌,几架大锅熊熊地燃烧着火焰,哗哗唰唰地在炒螺蛳。

他们从油烟的热潮中穿过,走上他们的楼梯。闷热的房间使他们沮丧,吊扇旋转得十分迟缓,不知是电压的缘故,还是那老板娘做过了什么手脚。他们耐了急躁的心情,依次去洗了澡,然后回来睡觉。查理拎了张席子睡在了门口的木栏杆底下,正临了繁荣如昼的小街。他们几人便将门关了,开始过这异乡客地的第一个夜晚。

他们共是三女两男,而平头是可以一当十的。他们以极快的速度沉溺到男女勾当之中,这使他们暂时忘记了他们身居客地的陌生孤独,以及前途茫茫之感,身心激荡。他们起初还以蚊帐作帷幕,到了后来,便不再需要帷幕,这耽误了他们的好事,碍手碍脚的。他们渐渐集中到一个房间里来,好像在举行一场盛大的肉欲的晚会。到了忘我境界的时候,他们废除了一切游戏的规则,一切规则都成了他们狂欢的敌人。这规则使他们争风吃醋,争先恐后,制造了不利于和睦团结的因素,他们不得不破了这规则,进行自身的解放。他们好像回到了人类之初原始林莽中的景象。这一座板壁的小楼经不起他们波澜壮阔的运动,摇摇欲坠着。老板娘几次用拖把从下向上敲击着楼板,他们全没听见。

从此,他们繁忙紧张的生活就开始了。他们工作的原则是"顾客即我们的上帝",无论是走私的港客,还是做工的苦力,无论是白昼还是黑夜。她们有时是在宾馆豪华的客房内,逢到这样的时候,她们就抓紧时机做一个娇贵的小姐。她们穿了蝉翼似的内衣,事前事后都进行淋浴。她们泡在人家的澡缸里懒洋洋地瞌睡,很内行地使用着各项卫生设备。然后在餐厅里仪态万方地点酒点菜,让勤恳的侍者在桌旁站得很不耐烦。而当她们不得已只能在自己简陋的旅店里服务时,她们也很会因陋就简。她们将床上的杂物匆匆收拾一下便开始进行,电扇在他们头顶慢慢地散着热风,他们大汗淋漓,气喘如牛。

这往往是在运气不佳的日子里,她们来不及挑剔客人。她们全是能上能下有过锻炼深谙世事的人,懂得"龙门能跳,狗洞会钻"的发迹的道理。她们一天可以接待几笔生意,她们的身体都很结实,对那样的事情也已驾轻就熟,很短的时间内便可达到效果。在这惨淡经营的几日之后,她们或许就会得到一个豪华的夜晚,那夜晚将她们以前和以后的岁月都辉煌地照亮了。她们在这样的夜晚中做了一个新人,她们可在这一夜中重写她们的历史。做一个新人是多么快乐,对那个旧人她们已经腻烦了,无所谓了,怎样都可以了,她们牺牲了她们的旧人而争取做一会儿新人,这又有什么不对的地方呢?

在她们中间,也有过不合的时候,为了各自任务分配的不公。有几次,她们甚至闹得很凶,罢工,出走,点了鼻子大骂以至动起手来,她们互相威吓着说要告发对方,激怒的女人使男人们害怕,他们极力要将她们分开,被她们挠得鲜血淋淋。这是他们调教出来的女人,一旦出发是可比他们走得更远。她们已将她们自己践踏得不成样子,再没什么值得可惜的东西。她们吃起来不要命似的,可抵过一个半男人。她们有时劳累了一天还不罢休,深夜和凌晨时还与男人们纠缠不休。她们的欲念已经开放,不可收拾。她们不怕热也不怕累,在正午阳光下的小摊上吃着滚烫的炒粉,汗从她们的额上流下来,破坏了她们的妆容,湿透了她们的衣裙,而咀嚼的快感却使她们忘却一切。

假如有一天无事可干,她们便会觉得厌烦和急躁,这是最容易发生纠纷的时候,她们相对而坐,好好地便会闹起来,将一些绿豆芝麻的小事一一拾捡出来,无限地扩张。男人们为了不使她们闲着,就加倍努力地工作。他们出没在大街和小街里,眼观六路,耳听八方,他们认识了一些同行,结成死党,而又反目成仇。他们为扩大他们的事业,而使无数头一回离家远行的童男长大成人,使无数模范的丈夫背信弃义,做了下流行径。有时,他们抛下正在行事的女人们,自己跑进一个豪华的酒楼,吃着酒菜,讨论着将来的计划:是做一个百货老板,还是走私黄金的贩子。他们有勃勃的事业心和远大的理想,声色犬马只是奋斗途中的慰问。这时候,他们会发现,真正亲密的关系还是在他们两个男人之间。他们不太说话,慢慢地抽烟,烛光在他们面前摇曳,映着他们的脸。

查理逐渐被他们培养成人,竟也做成过几笔不错的买卖。在他睡在门口廊下的夜晚里,屋内的骚动逐渐使他明了,他想他们不好好做生意折腾什么,是一种如同犯罪一样的浪费。他很谦虚地向父辈们学习,在他闲空的时候,就独自一人去逛,吃着各色东西。他想:这是一个无论做什么都可赚到钱的地方;他还想:这是一个无论赚到多少钱都可以花掉的地方。这一循环的观念一下子刺激了他的好胜心,使他觉得前途光明,大有可为。他的脸上和背上发出了许多青春痘,标志着查理的成熟。

有一天,他们中午回去睡觉的时候,看见查理和那个叫作妹妹的女孩睡在一张床上。他们显然已经过了一场激战,两人酣然入睡,微微张了嘴,发出香甜的鼾声,像两个纯洁的少男和少女。米尼和阿康将查理打了又打,打得他鼻青眼肿,牙龈出血。打完了查理,米尼又去打妹妹的耳光,妹妹不是那么好欺的,一边还手,一边骂道:我和查理睡觉,你吃什么醋?妹妹今年刚刚二十,男女间的事已久经沙场。她从没经历过爱情的过程,便一跃而入性的阶段,没了感情的负羁,可说是轻装上阵。谁允诺她利益,她便和谁勾结,谁使她睡得快乐,她也可放弃实利;而为了得到实利,她却会掩盖她睡得快乐这一事实。有时候,她可同时得到实利和快乐这两桩好处。她是最没虚荣心的一个,是新一代的婊子。她和查理是天生的一对,事前做了缜密的谈判,两人都不吃亏,一个得了钱,另一个得了经验,为他将来做一个皮条客或面首的前途打下了基础。妹妹指责米尼吃醋的恶语使米尼气得发昏,她话里揭露了一层乱伦的意识,叫米尼觉得她是他们父子两代人的婊子。这个念头犹如五雷轰顶,米尼几乎晕了,她想,他们都在干些什么呀!她想,他们就像一群畜生!这一刹那间的良知出现使她恐惧万分。她想,他们要遭报应了;她甚至想道,有一天,查理会来强奸他的母亲,距离这个日子,不会远了。米尼发出非人的咆哮,朝了妹妹扑去,两人顿时滚倒在地上。窗外是正午的潮热的南方的太阳,风扇缓慢地旋转。其余四个人一起去拉,将她们拉扯在两边。米尼说不活了,妹妹说:你不活就不活,我可要活。米尼说:我不活也不会让你活,我死就要你死。妹妹说:到头来死的只是你一个,谁也不会陪你死。米尼无法扭打妹妹,就虐待她自己,扯自己头发,撞自己头,咬自己,这些肮脏日子里所有的痛楚一起涌上心头,她想,她还真不如死了的好啊!阿康去拉她,被她踢倒在地,半天无法起身。阿康的登场使她再一次找到了目标,她踉踉跄跄地爬起,要与阿康拼命。两个女人轻佻地尖叫着,还咯咯地笑着,米尼的狂怒使她们无比快乐。平头拦腰抱住米尼,让他们通通滚出去。这天晚上,大家都没有回来,只有平头留下来陪着米尼。平头说:你怎么这样想不开啊!这不是你一贯的作风啊!米尼不说话,脸朝里躺在床上,看着墙纸上蚊子血迹斑斑的残骸。平头不再多话,温柔地抚慰她。这是平头从未有过的温柔。他将米尼的身子翻转过来,米尼没有抗拒。他们开始做爱,两人都怀了一种少有的宁静和温柔。平头觉得米尼好像走了神,她因为走神而显得被动的样子唤起了平头少有的一点怜悯,这怜悯心使他对米尼有了少许爱心。这是平头少有的怀了爱心的做爱。楼下有人唧唧喳喳的说话声,说的那一种听不懂的语言,老板娘在看香港电视台的粤语节目,嘎嘎地笑着。窗外有无数电视天线东倒西歪地矗立在鳞次栉比的屋脊上。平头禁不住说道:米尼,你不和我好啦?米尼伸手抱住了他,让他顺利地结束。这时候,平头忽然灰心了,他翻身躺倒在床上,说道:我们回去算了。

两天以后,他们全军撤回了。

## 第 三 章

有时候,米尼会想,警察怎么不来捉他们呢？她从正午的大街上走过,人群浩荡地走在她的身边,她觉得有人以奇怪的目光注视着她,这目光常常是从背后传来,当她转身望去,却见身后只有一个孩子,吃着一根雪糕。太阳使她目眩,睁不开眼睛,她觉得人群很快乐,又很悲伤,而这快乐和悲伤通通与她无关。十字路口,有一个年轻的警察在指挥交通,阳光几乎将他照成透明的,车辆在他身前交汇流通。她望了那车辆,就好像是一队巨大的甲壳虫。她从警察身前朝了绿灯走去,脸上带了挑衅的微笑,好像在说：你来抓我呀！她走过大街,忽然觉得自己变成了一只过街老鼠,身后拖了地板夹层里潮湿的黑暗。没有人注意她,人们走路,吃东西,吵嘴,打架,她便在人们纷乱杂沓的腿脚间穿行。他们在做什么呀？她茫然而惊讶地想。他们不理睬她。

有一天,妹妹进去了。有一个嫖客被捉住,供出他睡过的女人,其中就有妹妹。其实,人们说,这不是一个嫖客,而是一个真正的流氓犯,他为了减轻罪行,把他结交过的女人全当作暗娼供了出去。还有一种说法是,妹妹早已被警察盯上,这一日,警察装扮成一个嫖客,正要行事,却亮出了手铐。这天米尼和平头约好,在一起吃饭,米尼先到,平头来到的时候,就说了这个消息。

他说他们要出去躲一躲,不知道妹妹会不会供出他们。他相信妹妹会应付得很好,她从小就待过工读学校和少教所,可是事情怕就怕万一啊!他给了米尼一些钱,让她最好能够离开上海。米尼决定去蚌埠,那是她比较熟悉的地方。

这已是冬天了,蚌埠的天空飘扬着灰尘般的雪花。她住在一家私人的旅店里,吃着方便面和红肠,从早到晚都围了一条肮脏的棉被坐在床上,上身则穿了裘皮大衣,双手袖在宽大的袖筒里。老板是一对三十来岁的夫妇,每天在房里开一桌麻将,直到夜半。有一天,雪停了,出了苍白的太阳,米尼就出门了。这时候,她已经在这屋里住了三天,天空在她头顶显得很高远。她找了一个饭店吃了一顿午饭,从饭店出来时,她发现这条街道有点熟悉,沿了街道走去,看见了一家澡堂。她想起很多年前,他们曾在这里宿夜,那是她与阿康最初相识的日子,这日子已过去了一百年似的。她不由得在心里问道:阿康,你为什么不从临淮关上车呢?她站了一会儿,就向回走去。走到旅馆时,老板房里的麻将已经开局,她走进去,站在旁边看,与老板娘闲聊了几句。老板娘问她来蚌埠是出差吗?她说是的,可接连的雪天使她不方便出门了。老板娘就说雪已经停了,天晴了。她说明天就要办事了。说完她就回到自己房里。这天夜里,她觉得她非常需要男人,她彻夜不能安眠,翻来覆去。老板房间里传来洗牌的声音,听来是那么清脆。好不容易到了早晨,她又疲倦又颓唐,她想,今天如若再没有一个男人,与她做那样的勾当,她就过不下去了。

早上,她去了轮船码头,平头口授与她的经验,已足够她经历一次小小的冒险。很快,就有人上钩了,这是一个东北人,在这里中转。他高大而强壮,脸色微黄,有浮肿的迹象。米尼晓得,这是那类长期离家在外的男人,已憋了一肚子的火了。他请米尼吃了午饭和晚饭,又看了一场格斗的电影。他说话举止均粗鄙不堪,随地吐痰,将鼻涕擦在桌椅的腿上,和他一起吃饭是受罪。可是米尼知道,这样的人在床上是好样儿的。她注意到他有一种下流的眼神,言辞中有许多淫秽的用语,这是个老手,米尼心旌摇曳地想。天黑了以后,他们悄悄地来到米尼的房间。

米尼的欲望如火山爆发,几天里的孤寂、黯淡、寒冷、饮食不良,全转为欲望,喷薄而出。他们来不及将衣服脱干净,就半穿了衣服行动起来。他们一次不够,又来第二次,甚至第三次,这才稍稍平息下来。水泥预制件的楼板下面传来清脆的洗牌声音,还有人唧唧哝哝的说话声。那人久久地趴在米尼身上,就像一条垂死的大狗,他忽然簌簌地抖了起来,筛糠似的。米尼将他推翻在一边,他竟像烂泥似的滚落了。这时候,米尼心里对他充满了嫌恶,她对他说:把钱给我,你就滚吧!那人却说还要一次。米尼鄙夷地说:你不行。他非说行,于是又动手,却果然不行。米尼说:说你不行吧!那人丧气地起身,穿好衣服,给过钱后,就下了楼去。门缝里,米尼看见老板正站在楼梯口,望了她的房门微笑。她心里就有了一种不祥的预感,开始筹划回去的事情。夜里,她做了一个梦,梦见那老板推门进来,要挟她,要同她睡觉,否则就要去报警。她出了一身冷汗醒了过来,这时才发现自己已是身心交瘁,她已将自己糟蹋到底了。早晨,她收拾了东西,与老板结了账。老板诡秘的眼神,几乎使她怀疑起来:昨夜的梦境是不是真实的。她不寒而栗,付了钱就朝外走去。天色又迷蒙起来,用心不善地温暖着。她在火车站坐了一天,天黑时才上了火车。蚌埠就好像是噩梦一场,她连想都不愿想了。她心里说道:妹妹若是供出了我,就让他们来抓吧。火车从淮河大桥上当当地驶过,她又想道:跑,难道是跑得了的吗?

妹妹没有供出他们这一伙,一切安然无恙,平头崇敬地说:妹妹就像烈士一样。这天晚上,他们一伙聚在一起,回忆着妹妹的往事,第一个和妹妹睡觉的男人,是她的父亲。妹妹从此就从家里逃了出去,那时妹妹才十三岁,没有工作没有钱,全靠大哥哥们的帮助。她在无数奇奇怪怪的地方宿夜:造到一半的新工房、防空洞、桥下的涵洞,可是她也睡过最豪华的宾馆客房。妹妹就是这样长大的,大家都从心里生出了怜悯,觉得以前没有好好地待她。平头说:妹妹很快就要解到白茅岭去了。她的妈妈去看她,她不肯见,说没有妈妈,是那人冒充的。后来,承办员非要她见,她只好去了。一去,她妈妈就哭,妹妹站起身就走,骂道,哭死鬼啊!他们说其实应当去看看妹妹,给她送点东西去,可是,探望必须要带户口簿,证明和她的关系,他们这些人里,是一个也去不得的。米尼心想:白茅岭是一个什么地方呢?

阿康告诉米尼,她不在的几日里,查理不见了,不晓得到哪里去了。米尼咬牙道:随便他去。阿康说:也只有这样了。米尼由查理想到妹妹,从妹妹想到妹妹的父亲,她忽然有点悲怆地说道:阿康,你说我们前世作了什么孽啊!阿康说:我们前世一定做了许多善事。阿康的调侃叫她笑了起来,心想:阿康怎么一点没变呢?然后,她和阿康手拉手去看电影。从外地回到上海,米尼心情很愉快,她告诉阿康,她在蚌埠走过了他们曾经住过的澡堂。阿康说:论起来,那是我们的发源地啊!米尼就笑,他们很轻佻地谈论着那段往事,笑得要命,好像在看自己的笑话。他们出了电影院就在马路上漫无目的地逛着,最后去了亭子间。他们已有很长久的时间没有做爱了,彼此甚至有些陌生,各自都有些对方不了解和不熟悉的手势和暗示,双方都意识到在他们中间,已隔了一条时间的河流。事毕之后,他们沉默了很长时间,想着各自的其实又是共同的心事。忽然米尼扑哧一声笑了,阿康问她笑什么,她说想起了一桩可笑的事情,阿康让她讲来听听,好共享快乐,米尼说不和你共享,他就说算了,两人继续沉默。停了一会儿,米尼叫道:阿康!做什么?阿康问。假如你捉进去了,会供出我吗?米尼问。阿康就说:假如你捉进去了会供出我吗?米尼说:你先回答。阿康说:你先回答。米尼说:是我先问,所以你要先回答。阿康说:是我后问,所以我要后回答。米尼笑了,阿康虽不笑,却也喜形于色。两人觉得,流逝的岁月里的旧的情景这时又回到了他们之间。米尼无奈地想,她总是拗不过阿康的,她说:我不会供你的。阿康就说:我会的。米尼又笑,她想:和阿康之间的快乐岁月已经过去得多么久了啊!他们说笑一阵,就躺下睡了。

　　后来米尼又一次想,一切都是有暗示的,她在暗示里生活了多么久啊,她却一点也不领悟。

　　不久,米尼的母亲回来了,阿康为她找了一个价钱便宜的饭店住下。米尼每天早晨过来陪她母亲逛马路,买东西,还去了无锡作二日游。母亲给了米尼一只金戒指、几套衣服和一些外汇券。这一对母女早已淡漠了血缘亲情,陌路人一般,只是客气相待。在无锡的晚上,两人住在宾馆,忽然间,她们之中滋生出一种亲切的心情,使得她们觉得,必须要说一些知心和贴己的话题。母亲告诉她,在他们到了香港的第五年,她父亲就讨了小老婆,也是从大陆去的,广东潮州人,他们共生了三个孩子。那女的很有钱,会做生意,自然也是非常厉害,把父亲管得很严。弄到后来,她倒像是大老婆,母亲这里,却成了小公馆,父亲只能偶尔回来看看母亲,照料一下生意。不过,那女人有一点好,就是逞强,不要父亲的钱,说到这里,母亲流露出欣慰的表情。米尼被母亲的故事感动,也将阿康抛弃她的事说给她听,母亲耐心听了之后说道:你前后共做了两件失策的错事,一是"引狼入室",二是"放虎归山"。就是说,第一,不该将那小姊妹带回家来;第二,则不该和阿康离婚。和他离了婚,不正好称了他的心?就像当年我与你父亲,如果离了婚,人走了,财产也要分去一半,可谓鸡飞蛋打。如今,人走了一半,东西却都在我手中,他反还要看我的脸色。只不过他的心不在了,可是,人心到底又值什么呢?人心是一场空啊!母亲有些伤感地说道。听了这话,米尼就说:我原是为惩罚他,不料却叫他痛快了。母亲用手点了一下米尼的额头,道:你也是聪敏面孔笨肚肠啊!

这责备使米尼觉得很亲昵,她心头一热,说道:妈妈,你如果在我身边,我就不会吃亏了。母亲听了这话,眼圈也湿了,她想起三十年前离别儿女的情景,那时米尼还是个小孩,穿了背带裤,现在眼角已堆上了皱纹,她险些儿说出"你到香港来吧"这样的话。但她立刻又平静下来,想起种种现实的问题,就迟疑了。而就在此时,米尼心中也升起了同样的念头,这念头像神灵之光一样照亮了她的心,在这光芒的照亮之下,她甚至感觉到,她其实一直生活在深夜般的黑暗之中,她很冲动地脱口而出:妈妈,让我去香港吧!接着,她缓缓地说道,她如今是孑然一身,阿康已离开她,查理这个儿子她也不要了,本就是判给阿康的,她孤苦得很啊！她诉着苦，其实也是让母亲放心，她是没什么拖累的。她又说，她是什么苦楚都尝过，自信还有一点聪敏，到了香港，如妈妈不嫌弃，就给妈妈做帮手，如觉不方便，她就做别的活。她说：妈妈在香港其实也是孑然一身，妈妈心里有话对谁去说呢？母亲听着这席话，暗暗惊讶女儿不可小视，像是经过一番风雨。她想：身边有这样一个女儿，会是帮手还是祸害呢？她拿不定主意。米尼渐渐地住了口，她看出母亲正在犹豫，心想，应当给她时间。就借擦泪进了洗澡间，洗过澡才出来上床，一夜无话。过后的几日里，她们也再没提起过这个话题，直到母亲临走的那一个晚上，米尼才说，她从小和妈妈离开，别人有的快乐她都不曾有过，如今在内地也是前途茫茫，在工场间里纵然做死了，也得不到多少钱，更何况由于原料的问题，工场间三天两头没活干，只有百分之几十的工资，她已年近中年，算起来，母亲也是她这样的年纪去的香港，不是依然会有一番作为？希望妈妈也给她一个机会。她说得句句在理，可真正使母亲触动的只是最后一句话，她沉默了一会儿，说，她当年两手空空到了那里，住是住在她兄弟店铺里，其实就是个守夜人啊！白天在铺子里做工，拿最低的工钱，还要支付饭钱和房租。在那种地方，人人都要凭自己，没有理由靠别人，如要靠了别人，也须付出代价，其实就是拿自由去作交换，自由是头等可贵的。母亲的话，米尼句句都听懂了，觉着事情有了几分希望。但是——母亲又说，今日的香港不比当年，人口增加得很多，移民成了压力，失业的现象很严重，事情也许会有大的困难。米尼听到这话，便觉希望又少去了一半，可是她觉得这才是母亲办事切实与精明所在，于是，希望又再一次地滋长起来。

这是很长久以来,出现在米尼生活中的希望。不过,这希望还相当微弱,稍不留心就会毁灭了它,于是她就小心地将这希望保护起来,成为她的秘密,暗中安慰着她,启示着出路。表面上,她依然过着以前的生活,有时和平头,有时和阿康,风声过去之后,他们又开始了他们的勾当。这中间,查理回来过一回,他又长高了一截,问他在做什么,他做出不屑回答的样子。阿康怀疑他在倒卖外汇,米尼却说他像拐卖妇女儿童的样子。他出手很大方,请阿康和米尼到国际饭店吃了一顿,席间,抽着很昂贵的万宝路香烟。他很无意地问米尼:外婆回来怎么样?米尼说没怎么样,心里却警惕起来,恐怕查理会插手这事,最后弄得谁也去不成,于是在查理面前没事人一样,一字不漏,可是事后,她却对阿康说了。她觉得他们这做父母的最终会在查理手下翻船。不知为什么,她要这样想,她从查理的眼睛里看到一种很歹毒的神气,她想,他们喂了一头虎啊!这时候,她意识到了危险,遗憾的是,她没有判明这危险来自的方向。她和阿康说,她有一桩事情,特别害怕半途而废,希望他能帮她出主意。阿康问是什么事情呢?米尼就将这事的前前后后告诉了阿康,阿康听罢就笑道:我们明天就去办复婚手续吧,我坚持到现在不结婚,是有预见的啊!米尼又气又笑,咬牙道:我倒不干了,我要到香港去找个大老板,要么你来做我们的听差吧,做得好,让你进写字间,我们的公司很大啊!有一幢洋房那么大呢。阿康说:也好,然后我们把大老板毒死,遗产到了你手里,我们再结婚,就像《尼罗河上的惨案》那样。说罢又正色问了一句:签证签下了吗?米尼晓得他在嘲讽自己,只作听不懂,说:机票也买好了,礼拜八的。两人闹了一阵,就分手去找各自的朋友,度过这一个夜晚。

日子一天一天过去,米尼很关心邮政,每天上下午都要问问有没有自己的信,长久地没有信来,使她的希望平息了。开始,阿康见面,还要拿这桩事作笑料打趣打趣,渐渐地也腻味了,两人都有些忘记。就在这时候,"拉网"的消息传来了,在他们经常去的地方,出现一些陌生的面孔,像是便衣。他们不敢出门,躲在家里,等待风声过去。为了防嫌,他们彼此都装作不认识的样子,再不作来往。他们像兔子一样,缩在自己的窝里,一听风吹草动,就惊恐万状。查理在此时便以他有利的身份,在大家之间传递着消息。他现在的勾当是"放烟",从头道贩子手中得到外烟,然后在大街小巷兜售,除了从中得到回扣之外,还以他惯常的弄虚作假手法,攫取不义之财。比如在外烟的烟壳里装进普通香烟,或干脆以马粪纸取代,进行巧妙地调包。他做这种把戏可说是百发百中,腿又跑得飞快,当面说谎的本领也很高强,你说你刚见过他,他说一生一世都没见过你,叫人百般无奈。他的消息很灵通,其中谣言要占百分之九十。他给米尼阿康他们带去的消息或是最好的,或是最糟的,于是,他们一会儿暗无天日,一会儿雨过天晴,悲一阵,喜一阵。终于有一天,他们发现他们在受查理的愚弄。看了他们惊慌失措,无所归依,他是多么快乐啊!这时,他们改头换面,蹑手蹑脚,在阿康的亭子间碰头,他们合力把查理揍了一通。

他们想:是不是要去外地躲避一时?逃亡的情景涌上心头,大家心情都很黯淡,街上正有警车呜呜地驶过,他们不由得屏息敛声。等警车远去之后,平头惨然说道:其实我们这种人,到底是逃不过去的。平头竟露出这样的灰心,使大家心情都很沉重。平头忽又振作道:所以我们就要尽情享受自由的日子!他将手伸进身旁米尼的怀里,很缓慢又很有力地抚摸着。米尼先还抵挡,渐渐软弱下来,将头垂在他胸前,闭上眼睛。忽然,一声锐利的尖叫惊醒了她,原来阿康他们在沙发上早已如火如荼。米尼睁开眼睛,目不转睛地看着他们,还对平头说:你看啊,他们!他们也看他们,他们互相观望着,还取笑和夸赞着。在高涨的情欲里,他们不再感到恐惧和灰心,有的只是快乐。他们精神抖擞,情绪昂扬,他们晓得一旦达到顶点便会走下坡路,于是就将到达顶点的道路无限期地延长。他们合伙做着这些,心想:这为什么要是一个人对一个人的事情,这应是大家的事情。他们这一伙亡命徒已不顾死活,死有什么了不起呢?他们共同地想道,哈哈地嘲笑着那种怕死的观念。他们越到后来就越像一场集体肉搏,他们全力以赴,浴血奋战,抵制着恐惧的末日的心情,和即将来临的危险顽抗,他们拼命要将害怕从心里驱赶出去,他们要使全部肉体都来参战,他们把电灯开得亮堂堂的,照耀着他们精赤条条的肉身,他们将身体弄得肮脏不堪,使尽一切下流的手段。这样,他们就不害怕了。查理一人走在路灯灿灿的马路上,心里骂着"我操你"那类的脏话。他穿的可说是出奇的体面,牛仔装、耐克鞋、电子表,抽着外烟,他摸打火机时将一块钱抽落在地上,有人说你的钱掉啦,他回过身去,看看那路灯下静静的一块钱,然后扑哧地笑了,他从口袋里摸出一沓十元的钞票,对那人说:你看,你看。他心里忽又高兴起来,沿了马路朝前走去。

亭子间里终于偃旗息鼓,那四个人是真正死了,到了地狱。他们好奇地望望头顶的电灯,那电灯激烈地摇晃之后,正渐渐地停摆,光影的晃动使他们好像乘在一艘下沉的船上。

几天之后,平头进去了。他进去之后,米尼就想:他这样的人不进去才怪呢！平头进去是因为涉嫌了一起杀人案，死者是一个卖淫的女孩，后来查明平头和此事无关，可却又查出他别的事情。米尼觉得，坐牢的命运是不可避免的了。她天天坐在家里等待着逮捕，街上走过一辆救护车，都被她以为是来抓她的警车。后来她又听说平头至今不承认皮条客的罪行，只说他是一名嫖客，并供出了几个与他有过关系的女孩。她几乎魂飞魄散，好几次想去自首。然而，一个星期很平静地过去了，没有人来找她，阿康也安然无恙。米尼眼看着就要支持不住，觉得已经崩溃了。这时候，她竟接到了母亲的来信，信中说，可以帮助她去香港。米尼感激得呜咽起来，她想这真是天无绝人之路，以前的灰心绝望是不对的。激动之中，她跑到阿康那里，告诉了他这个消息。她再没想到这就是她所犯下的一连串错误中的最后一个错误。她把妈妈的信给阿康看了，阿康说：现在你可以去申请护照了。米尼就问他应当办些什么手续，阿康说可以帮她去打听。米尼心里涌起一股暖意，她想起了他们作为夫妇的最美好的时光。这天，他们在一起过夜，亲热时阿康在她耳边说，到了香港，不要忘了他，他们也可算是患难之交啊！米尼感动地贴近了他，和他做着山盟海誓。这一夜就好像是初婚之夜，他们和好如初，不计前嫌，阿康格外的温柔体贴，情意绵绵。米尼想，她的阿康回来啦！她想起他们分别了那么长久，这样分别的日子是怎样糟蹋和无望的日子啊！她禁不住泪流满面，啼哭不止。阿康就极尽安慰之能事，嘱咐她即使到了香港，也不可放松了警惕，那也是一个是非之地啊！米尼泪眼蒙蒙地想道，她终可以逃脱这里的一切了，心里喜洋洋的。这一夜她做了许多美梦，也梦到了平头。

米尼平安度过又一个星期,她渐渐放下心来,对平头升起无穷的感激。她想,现在平头要害她仅是一张嘴的事情,可他没有害她,可见还是一个有情人。米尼想,她造了这么多孽之后终于要交好运了。这时候,阿康很努力地为她跑护照的事情。过后,米尼常常想:阿康究竟是以什么样的心情在做这一切?她百思不得其解。办护照的过程中遇到许多困难,这期间,他们就像夫妻一样生活在一起,一起住,一起吃,一起办事。等风声渐渐过去,阿康就又出去活动,找了几桩生意。米尼内心是不想干的,她很害怕,她想:可别把事情弄糟了啊!可是经不住阿康求她,也不忍扫了阿康的面子,她知道阿康是很重面子的。而她干那种事情的时候不免就有些分神,心不在焉的,并且缺乏了耐心,刚开始就想着结束的时候。有时候,她自己也想做得更好一些,可一到时候就又不耐烦了。此外,她还有些挑剔阿康找来的生意,说这是个白痴,那是个乡下人。阿康感到受了深深的侮辱,觉得她身份还没变,眼界已变了,就冷笑道:你不是还没拿到护照吗?你我眼下还是脚碰脚的朋友,将来的事情将来再说吧!他还说:即使是到了香港那种地方,也是三教九流样样行当都有,弄不巧你还得吃这碗饭,吃的还是人家的剩饭。米尼被激怒了,想与他说什么,又觉得说什么都无益,不如不说,走着瞧。就更加起劲地跑护照,几天不上阿康处来。可是没有料想到的是,阿康却来找她。什么都没发生过的样子,使米尼心软了。她想阿康是个自尊心很强的人,以往吵架,无论是对是错,从来都是她让步,如今他能走出这一步,实在很可贵了,她便也不再坚持。

阿康请她吃饭、喝咖啡、跳舞,气氛融融之间,不免会说那样的话:米尼你到了香港后,会很快忘记我的。米尼就说:不会。

他不听米尼的,兀自说下去:在那样的地方,女人的机会很多,当然,米尼你不要误会,我说的不是那种不好的意思,像你这样聪敏又能吃苦的女人,到了香港,会如鱼得水。那时候,你会把这里的事情通通忘记。这里的事情回想起来,就像一堆垃圾和粪便。米尼连连说道不会不会,心中对阿康充满了怜悯。她甚至想劝阿康到好就收,"歇搁"算了,可又怕阿康生嫌,就换了个话题问道:什么时候去做百货生意呢?阿康停了停说:百货生意是说时容易做时难,现在实际上已过了最好的时机,一些原来做百货的人都纷纷转向,有的去贩西瓜。我这样的身体,贩西瓜是有困难的。米尼看看他,想不出他操了刀站在西瓜摊前的样子,斯文白净的阿康应是一个做经理的前程:穿了西装,系了领带,身后还跟有秘书,乘着自动电梯,上上下下,像广告里的那样。后来,米尼反复地回想着这一段与阿康的相处,才发现阿康一直在讥讽和耍弄她,好比一只猫在安抚一只老鼠,而米尼蒙在鼓里,被爱情冲昏了头脑。这时候,米尼因对阿康的怜悯,而百依百顺,无论让她做什么,她都不拒绝了,但心里是很害怕的。

她常常做噩梦了。梦见自己被抓了。手腕上分明感受到被手铐钳住的痛楚,这痛楚来自于对平头手上伤疤的回忆。平时听来的关于监禁的许多故事都在梦醒之后涌上心头,再加上自己的想象,使她骇怕得了不得,她想:这地方是再也留不得了。平头没有消息。平头不在,阿康变得很活跃。米尼想道:长期以来,阿康一直是处在平头的压抑之下。他起初是因为对平头的畏惧才做了这行当,而如今平头进去了,他便可做平头的角色了。长久以来,他一直以他的阴柔和平头的鲁勇周旋,赢得一方立脚之地。逐渐地,平头将他当作了心腹朋友,而他却一直将平头当作敌人,他对平头一边是畏惧一边是利用,既是主子又是奴才。他盼着平头的事情快快结束,暗中希望能把平头枪决了,这可使他彻底安全,也可使他永远占领他窃取的平头的位置。阿康是那种膂力很弱的男人,他从来都感觉到自己处于被袭击的危险之中,而他又无还手之力,他便时时警戒别人,将任何人都看作是他的敌人。他以他很强的心智与人较力,在暗中得胜。由于这胜利不是显赫的,得不到公开的慰问与激励,他常常会怀疑这胜利的价值,而须不断地证实他的优势。有时候他会做得很残酷,又总是乘人不备之时。如今虽然他嘴上还是说与平头同样的话:我们是同一条船上的人,事实上他却做了霸主,压榨着一船的奴隶。这阵子,有时候米尼竟会怀念平头,她想,平头这个彻头彻尾的流氓身上,有一种不可多得的好处,那就是:义。而阿康恰恰没有这个。

　　阿康的事业在很短的期间到了高峰,他着手组织一次出行,去深圳附近一个名叫"石狮"的地方,他说那是个好地方,黑暗的工场里,童工们生产着誉满全球的女人的胸罩。米尼不愿去,阿康说:希望你能站好最后一班岗。米尼说:最后一班岗她已经站过了。阿康恳求她再站一班,米尼不答应。阿康又说:这一次,不要她亲自上阵,只请她做自己一个有力的帮手,他好像要把米尼培养成一个女皮条客的角色。米尼觉得他是嫌自己老了的意思,就更不愿去了。阿康又拿那样的话来刻薄她,说她想跳龙门,只怕自不量力,结果连狗洞也钻不成了。米尼也气了,说:今后,我们桥管桥,路管路,各人做各人的。阿康猝然变了脸,骂了声极其下流的话,米尼吃惊地望着他,因阿康无论做多么下流的事情,嘴头上却始终干干净净的。米尼笑了,说道:骂得好!

再来一句。阿康慢慢地转过脸色,他渐渐平静下来的脸色,使米尼反而害怕起来,这就像是一个凶兆似的。后来她知道自己的感觉是有道理的。阿康转过脸色,说道:好的,就这样好了,那么,我们再见。他最后地看了米尼一眼就走了。

  米尼一个人在那亭子间里过了一夜,第二天就拿了自己的东西回了家里。阿康他们离开上海,使她感到轻松。可回家后发现,她藏在手提包里的两张存折,一张定期的和一张活期的都不见了。她立即想到,这是阿康干的好事,她咬牙骂着"贼坯贼坯"的,想想算了,再想想又觉得不能算,就起身到阿康父母家里去找人。阿康母亲根本不理睬她,她对了门骂了一通只得出来。阿康父亲跟在她身后,告诉他,阿康和查理昨晚就出门了,大约要过一两个月才回来。阿康父亲已十分衰老,却奇异地胖着脸颊,使皮肤有一种儿童般的肉红。米尼望望他笑笑,不再理他,径直走了,心里恨恨的。走了一段,又悲哀起来,想道:这钱是她怎么赚来的啊!他阿康难道不知道?几天以后,米尼终于拿到了护照。她此时此刻还不知道,再有几天,阿康他们在石狮将被一网打尽。这一回他们同去的都是一些年轻的女孩,没有经验,仗了自己青春貌美,谁也不服谁的气,内部因争风吃醋、争名夺利引起的纠纷层出不穷。阿康由于急功近利,在第一件事情上没有处理妥善,走错了一步,结果一步错步步错,犯下了一连串的错误。弄到后来,他常常顾此失彼,事情越来越糟。本来应当到此为止,赶紧打道回府,兴许还有条生路,不知怎么却硬是在那里坚持。这一次出门,阿康好像失控,往日的聪敏和冷静都不见了,显得急躁和力不从心,做了许多不该做的事。最后,终于失手。

阿康供出了米尼。这一着棋是他准备已久的,只是觉得时机未到。他原来是想等米尼办好了签证,再去派出所,以一个觉醒的嫖客的身份告发米尼,他的计划是让米尼从希望的顶峰直跌到深渊。他见不得别人的希望,尤其是见不得米尼的希望,米尼的希望于他就像是服刑一般,使他绝望。米尼就好像是他自身的一部分,他不允许这部分背叛另外的那部分。他之所以迟迟没有行动,还因为他想米尼根本拿不到签证,她的母亲只是说说而已,并不是真心出力为她办出境签证,甚至她只是哄骗米尼。他满心喜悦地等待这骗局拆穿的一日,那时候,米尼将多么悲伤。可是当他住在拘留所里,在那灯光照耀、明亮如昼的深夜里,他想到自由地在街上行走的米尼,觉得她就好像在天堂里一样。他是绝不允许他在地狱,而米尼则在天堂。他供出米尼的同时,还交上一份证据,就是米尼的存折,这存折上的数字对米尼从事着一个不被公开的职业,可作一部分证明。

后来,当米尼有机会回顾一切的时候,她总是在想,其实阿康时时处处都给了她暗示,而她终不觉悟。这样想过之后,她发现自己走过的道路就好比是一条预兆的道路,现在才到达了现实的终点。